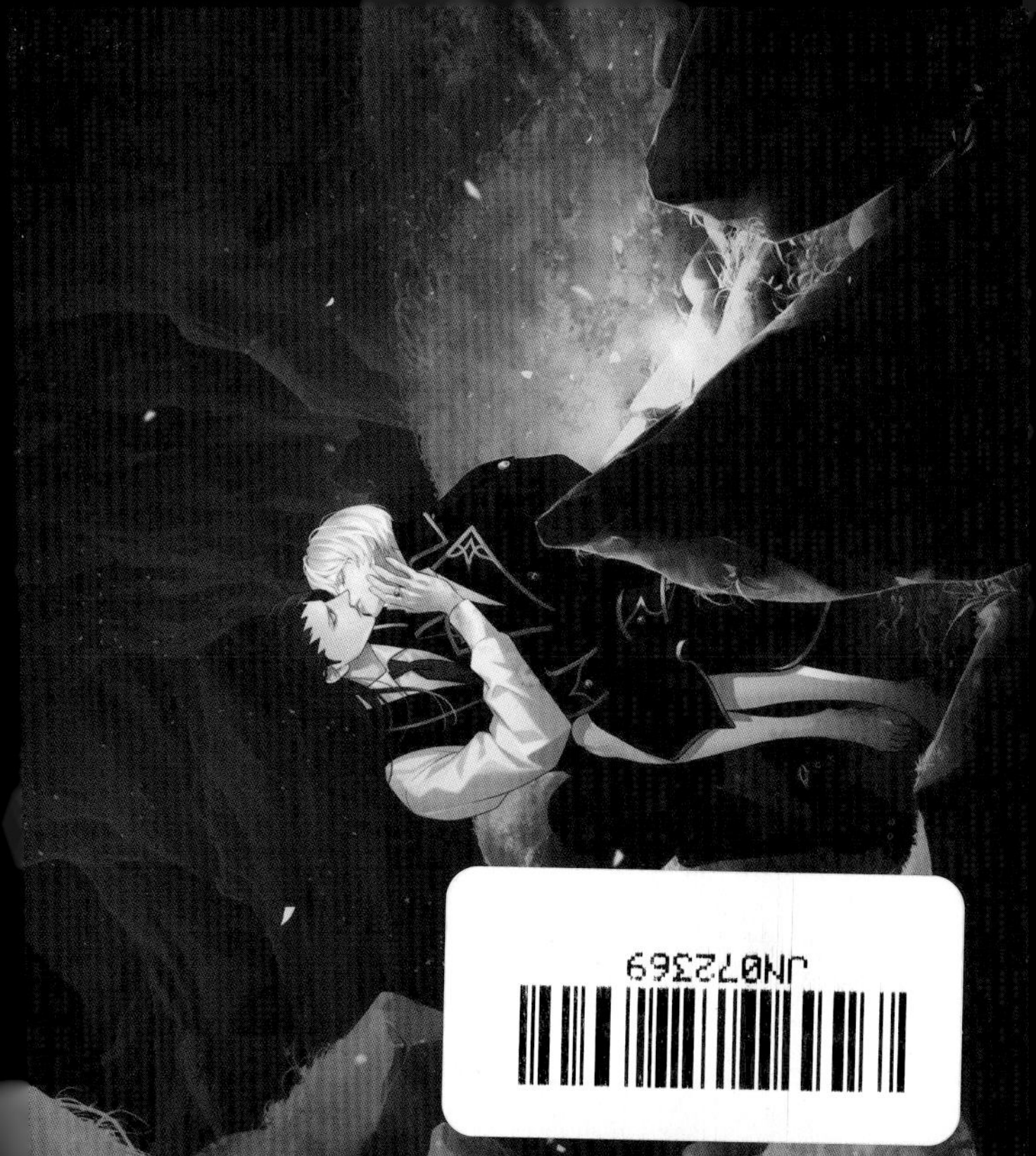

ノアは絶望的な表情を浮かべていた。その美しい顔が歪み、苦しげに眉根が寄せられる。

「――質問。一人の人間の命で、千人の命が救われるとしたら、お前は直接的にしろ、間接的にしろ、一人の命を奪えるか？」

ふいにまた質問され、マホロは面食らった。ノアなりに、マホロの精神を整えようとしているのかもしれないと思い、少し考えて口を開いた。

「一人の命で救われるなら……尊い犠牲、といえるかも？　千人を見殺しにできません」

「じゃあ、その一人が、自分の愛する人だったら？」

SHY NOVELS

烈火の血族

夜光花

イラスト 奈良千春

CONTENTS

烈火の血族

1 人体実験

私の名前はロジャー・ボールドウィン。五年前まで大病院で医師をしていた。

私の人生が狂い始めたのは五年前に起こした医療ミスからだ。その頃、私は連日に及ぶ超過勤務でほとほと疲れ果てていた。だから手術した患者の体内に器具を残すという、ありえない失敗をした。それまでどれほど多くの患者を救っていようと、たった一件の医療ミスで私は大病院を追い払われた。医療ミスのレッテルを貼られた私は、どこの病院でも雇ってもらえず、家族や親類から侮蔑の眼差しに晒《さら》される日々を過ごした。

家族を養うために別の職業に就《つ》くという道もあったが、私は医師にこだわり続けた。幼い頃から名誉あるボールドウィン一族の一人として生きてきた私には、安月給で暮らす人生は考えられなかった。そんな私から妻は離れていき、金が尽きた頃、子どもたちも去っていった。

私がどん底の生活に陥《おちい》った時、手を差し伸べてくれたのは同じ一族のサミュエルという中年男性だった。サミュエルとはそれまで交流はなく、親族のパーティーでも顔を合わせたことがなかった。

サミュエルはある日突然、私の屋敷に現れてこう言った。

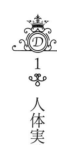

「ロジャー、あなたの腕を見込んで雇いたいのです」

サミュエルの衣服や身につけている物はすべて一流品で、潤沢な資金があることを匂わせていた。サミュエル曰く、腕のいい医師を探していたという。報酬は大病院にいた頃より高額で、追いつめられていた私は一も二もなく仕事を引き受けた。

サミュエルは私を、とある人里離れた場所に建つ研究所に招いた。ものものしい警備が敷かれた建物で、入る時も出る時も銃を所持した警備員にチェックを受けた。私は研究所に行くと、地下室へ連れていかれた。

「ロジャー。ここで起きたことは、何一つ外で漏らさないように」

顔に笑みを貼りつけて、サミュエルは毎回そう念を押した。私はその検体が運ばれてくるまで、自分が何をするのか知らなかった。もしこのような非道な真似をすると知っていたら、私はこの話を断っていただろう。神に誓ってもいい。私は医療ミスを起こしたが、根は善人なのだ。

「さぁ、仕事ですよ」

サミュエルが検体を地下にある手術室に運んできた。カルテを取り出し、私は手術台に載せられた検体を確認した。十歳の色の白い男の子であった。能面のように無表情な他の医療スタッフが、麻酔を施し、手術の準備を始める。

「この少年の心臓に、この石を埋め込んでほしいのです」

サミュエルはキラキラと虹色に輝く直径七センチほどの石を取り出した。私は何を言われているのか理解できなかった。

「何を言っておられるんですか……？」

私は石とサミュエルを交互に見やって、引《ひ》き攣《つ》った笑みを浮かべた。

サミュエルは石を少年の心臓に埋め込んでほしいと言った。むろん、そんな手術を施せば、少年は死ぬだろう。異物を心臓に埋め込めば、拒絶反応を起こすに決まっている。

「ロジャー。あなたはもうここから出られないのです。実験が成功するまではね」

サミュエルはにこりともせず、言った。

聞き間違いなどではなかった。サミュエルは何を考えてか、生きている人間に石を埋め込めと言っている。私はこんな手術はありえないとその場を去ろうとした。すると、とたんにサミュエルは銃を取り出して私に向けた。

「そうですか。ではあなたにはもう用はありません」

サミュエルの目は本気だった。私は命の危険を感じて、仕方なく指示に従った。手術台に載せられた少年の顔はまだあどけない。運ばれた時から意識がなかったのが幸いだった。

私は生きている人間の心臓に、石を埋め込んだ。

手術が終わると、すぐに地下にある別の部屋に連れていかれた。施錠された、窓もない、閉塞感のある一室だ。この日からこの部屋と手術室しか往復できない日々が始まるのだが、この時はまだ隙を見て逃げ出そうという気概があった。

翌日、少年は死んだ。

石に拒絶反応を起こして、激しく痙攣《けいれん》しながら息絶えた。虹色に輝く石はただの石ではなかった。のちに解剖して判明したことなのだが、虹色の石は心臓に癒着していた。鉱物なのに、生き物のように形を変え心臓に張りついていたのだ。

「この石は一体……？　ひょっとして魔法石ですか？」

死体から石を取り出して、私はサミュエルに聞いた。石は遺体から取り出すと、再び元の形に戻った。

この国において、魔法石は魔法を発動させる鉱物として知られている。魔法石は鉱山からほんのわずかに採れる貴重な代物で、持つ色によって効果が変わる。一般的に赤色、白色、青色、黄色、黒色と言われているが、目の前にある石は見たことのない虹色のものだった。

「これは単なる魔法石ではありません。賢者の石ですよ」

サミュエルはうっとりして虹色の石を見つめる。

賢者の石――中世ヨーロッパで、錬金術師が追い求めたといわれる秘宝だ。ただの石を金に変えることができるとか、不老不死になれるとか、眉唾物の伝説がある。私はサミュエルの冗談だと思ったが、その石が奇妙なものだということは認めざるを得なかった。

「また、次の検体を用意してきますよ」

サミュエルは虹色に輝く石をガラスの箱にしまいながら、言った。

私は神に祈りを捧げるしかなかった。命を救う仕事に就いたはずなのに、どうして殺人に加担させられているのか。医療ミスを起こしたとはいえ、患者は殺していないのに。こんなことならサミュエルの口車に乗るのではなかった。自分の愚かさを呪うと同時に、尽きぬ後悔が私を襲った。

二週間後、サミュエルは別の検体を運んできた。

今度は貧弱な身体つきの七歳の少女だった。前回の子どものように、全体的に色素が薄く、髪は金色がかった白だ。

再び私は拒絶したが、銃で脅《おど》され、泣く泣く二体目の手術を行った。

少女は三日ほど生きながらえたが、やはり拒絶反応を起こして亡くなった。

「サミュエル、私を家に帰して下さい」

私は人体実験に加担させられている恐怖と悔恨で、泣きながらサミュエルに懇願した。この場で見たり聞いたりしたことは決して口外しないと縋《すが》った。けれどサミュエルは私を信用しなかった。私は隙を見て何度も逃げ出そうと試みたが、そのたびに廊下や出口にいる警備員に取り押さえられた。私は手術以外の時間は手枷《てかせ》、足枷をされ、監禁状態は長く続いた。

窓のない建物に閉じ込められているせいで季節は分からなくなり、時間の感覚も狂い始めた。最初は抱いていた、別れた妻や子どもたちが私を捜してくれるかもしれないという淡い期待も、自然と消えていった。

その研究所に監禁され、おそらく一年ぐらいが過ぎた。

人体実験は十体を数え、私は死体の後始末に追われた。サミュエルは生後数カ月から十歳程度の子どもをどこからか連れてきた。まともな方法で連れてきているはずがない。五体目を手術した頃から私は感情を失い、ただ作業をこなすようになった。

だから、その子どもが運ばれてきた時も、どうせまた死ぬのだろうと冷めた気持ちだった。

そもそもサミュエルは何を考えてこのような悪魔の所業をするのか。

淡々と手術をこなした翌日、その子どものバイタルは安定していた。

私はかすかな希望を抱きつつ、高望みはするまいと自分を戒めた。これまでも三日ほどもった子どもがいたが、いずれも拒絶反応を起こして亡くなったからだ。

三日経ち、五日経ち、一週間が過ぎた頃、私は驚愕《きょうがく》を覚えつつ、その子どもを診察した。石を心臓に埋め込んだというのに、その子は生きている。心雑音もなく、呼吸も安定しているし、どこにも苦しそうな点はない。

「とうとう成功したぞ！」

サミュエルはその子どもをガラス越しに眺めながら、高揚した。無菌室から出していないし、子どもは意識を失ったままなので、まだ成功と決めつけるには早いが、それでも大いなる前進ではあった。

「ああ、あの一族の最後の一人だった！　まさしく天の配剤――。やっと条件のひとつがそろったぞ……!!」

サミュエルは興奮のあまり、声を裏返して叫んだ。何のことか分からないが、ようやく自分の役目が終わるのだと私はホッとした。

何故この子どもに拒絶反応が起きなかったのか、不思議でならない。

カルテにはマホロという名前が書かれている。現在五歳十カ月。サミュエルが連れてくる検体はすべて色素の薄い子どもたちだったが、なかでもこの子どもは全身真っ白だった。髪は真っ白で、まつげも白い。妖精と言われたら、そうかもと頷いてしまうほどだ。

「おや……?」

無菌室に入り、少年のバイタルチェックをしていた私は、眉根を寄せた。

少年――マホロは起き上がって、大きなくりっとした目を白い壁に向けていた。まるでそこに何かがいるかのように。

「マギステル……。僕は大丈夫です。鍵を開けます」

マホロは夢見るように、壁に向かって話しかけている。どういう意味か分からず、私は不気味に思ってマホロを覗き込んだ。

「僕はルクス……の、一族の……、種の保存を……」

マホロはうつろな眼差しで、ぶつぶつ呟いている。やがて重そうに瞼《まぶた》が閉じ、崩れるようにベッドに横たわった。呼吸は安定している。眠ったようだ。

(この子どもは一体どのように使われるのだろうか)

眠っているマホロを見やり、私は同情を禁じえなかった。まともな生活など望めるはずがない。サミュエルはこの子どもを使って何かをしようとしている。それが何かについては考えたくなかった。すでに私は地獄に堕ちる身だ。十人もの罪なき子どもを殺《あや》め、多分二度と外の土は踏めないだろう。

どこで人生の道を踏み間違えたのか。同じ一族に、このように恐ろしい男がいたのに何故気づかなかったのか。

自殺する勇気もなく、逃げ出す才覚もなく、私は生涯をこの研究所で過ごすしかないのだろう。

せめてこの生きのびた少年に幸があることを、祈らずにはいられなかった。

2 ローエン士官学校

幼い頃から、時々光の渦みたいなものが見えた。

それはゆっくりと近づいてきて、温かく優しい光を与えてくれる。その光が、自分にとって大切な誰かだというのを昔から感じていた。声がするからだ。

『マホロ、門を開けるのだ』

光の中からは決まって、その言葉が聞こえてくる。

『門を開けるのは、お前の役目だ』

何度もそう繰り返して、光は徐々に消えていく。触れようとしたり、話しかけてみたりしたが、光から反応はない。

他の人にも同じように光が見えるのか聞いてみたが、誰も見たことがないという。あの光は何なのだろう。

いつかそれが分かる日がくるのか――。

その島は、断崖絶壁に囲まれていた。唯一の着岸場所には栈橋がかけられていたが、そこには銃を所持した兵士が目を光らせていて、島に出入りする人間を厳重に管理していた。

（巨大要塞みたいだなぁ……）

栈橋に降り立ったマホロは、鋭い目つきの兵士に見下ろされ、気後《きおく》れしつつスーツケースを引きずって歩きだした。同じように船からマホロと同年代の男たちが降りてくる。等間隔で並んでいる兵士の前を歩く彼らは、マホロと違って堂々としている。同年代といっても、皆、体格のいい男ばかりで、百五十センチしかない小さいマホロは明らかに浮いている。

栈橋の終点で、軍服の兵士が一人一人から書類を受け取り、確認作業をしている。

マホロの順番になり、兵士に書類を差し出した。ローエン士官学校の入学許可証だ。一カ月前にローエン士官学校の試験を受け、無事に入学を許可された。

（こんなすごいとこに俺が来るなんて）

マホロは実感が湧かず、兵士が書類を確認している間、きょろきょろした。

デュランド王国では、十八歳になると士官学校に入ることが義務づけられている。いくつかの主要都市にある士官学校のどれかに入学し、四年間、国防に関することを学ばなければならないのだ。その中で、もっとも異質な士官学校が、このクリムゾン島にあるローエン士官学校だ。何故本土から離れた島に建てられたのかというと、デュランド王国に伝わる特別な力——魔法が関係している。

デュランド王国には五名家と呼ばれる、傑出した貴族が存在する。セント・ジョーンズ家、エインズワース家、ラザフォード家、ジャーマン・リード家、そしてボールドウィン家だ。

この五つの一族は特別な血を持っている。この一族からは特別な魔法回路を持つ者が生まれ、それぞれの一族に伝わる魔法を操るのだ。魔法回路を持っている者は、ローエン士官学校に入学することが決められている。ローエン士官学校は、魔法を教える学校——国を担《にな》う五名家の人間が通う特別な学校なのだ。

魔法回路を持っているかどうかは、この国に生まれた者全てに義務づけられた、生後一週間以内に行われる検査で判別される。持っていると判れば、国から証明書が発行されるのだ。五名家の血筋でも魔法回路を持っていない者も多く、魔法回路を持つかどうかは一族の中でもステイタスとなっている。

そもそも魔法回路はもとは五名家の一族のみが有していたが、どんな一族も、血族のみで婚姻を続けることは叶わない。一夜の恋に溺れる者もいれば、あるいは自由な恋愛をする者が現れるのは当然で、そうなると血は薄れるものの、五名家以外からも稀に魔法回路を持つ者が生まれる。そういう子どもをこぼすことなく拾い上げるために出生後の検査があり、魔法回路を持つ子どもは十八歳になるとローエン士官学校に送られることになっていた。

ローエン士官学校では魔法だけでなく、兵学も学ぶ。ローエン士官学校を卒業できれば将来は約束されたも同然といわれるくらいのエリート学校なのだ。

魔法を使える人間が存在するのは、世界でもデュランド王国のみと言われている。近隣には大国も多いのだが、その中で侵略を免《まぬか》れたのは魔法のおかげという人もいる。

（うーん。争いの苦手な俺が、士官学校でやっていけるのだろうか……）

マホロはぼんやりと列をなして歩く蟻《あり》を見つめながら、少し不安になった。

「邪魔だぞ」

背後からどん、とスーツケースをぶつけられ、前のめりになってよろける。蟻を踏み潰さずにすんだ。危ない、危ない。

「すみま……」

せん、と言いかけて、マホロを突き飛ばした学生を振り返ると、じろりと睨《にら》まれる。金髪のいかにも貴族といった身なりの青年が立っていた。書類を兵士に手渡して、何か文句があるかといわんばかりの目つきで見下ろしてくる。

マホロは首をすくめた。こういう威張った手合いには何故か目をつけられやすい。気をつけないと。

「こんにちは！　新入生の方ですか？」

とにかく明るい声で挨拶すること。それがマホロが学んだ処世術だ。案の定、金髪の青年は少したじろいだように顔を背けた。

「お前もそうだろ」

金髪の青年はそっけなく言って、兵士から書類を受け取る。マホロのほうが先だったのだが、彼の書類の確認のほうが早かったようで、さっさと行ってしまう。

（名前聞けばよかったな。まぁいいや。これから、がんばろっと！）

送り出してくれたボールドウィン家の当主サミュエルのためにも、ローエン士官学校で成長しなければならない。それに、そもそもマホロには別の目的もある。敬愛するジークフリートのためだ。彼のために、ここでやらねばならないことがあるのだ。

「書類を確認しました。ようこそ、ローエン士官学校へ」

兵士がようやくすべての書類に目を通し、マホロに敬礼した。赤い制服に黒い帽子を被った兵士の横を、スーツケースを引きずって通り過ぎる。

視界の先には、勾配のある曲がりくねった石畳と大きな噴水、奥に広がる煉瓦造《れんがづく》りの建物。広大な土地の丘の上に、この国でもっとも有名な学校、ローエン士官学校が建っている。

とうとうここに来たんだとマホロは感慨深くなった。


マホロは六歳の時にサミュエル・ボールドウィンの屋敷に引き取られた。何でもマホロはボールドウィン一族の血を引いているらしく、ずっと探していたと当主のサミュエルは言った。マホロは両親を事故で亡くし、引き取り手がいないものとして孤児院に入れられていたらしい。ボールドウィン家に引き取られる前の記憶がまったくなくて、両親のことも、両親が死んだ時のことも何一つ覚えていなかった。

マホロが引き取られたのは広大な領土を持つボールドウィン家だった。屋敷には当主のサミュエル・ボールドウィンとその妻マーガレット、そしてマホロより三歳上のひとり息子、ジークフリートがいた。執事に手を引かれ、初めてその三人と挨拶を交わした日が、マホロの最初の記憶だ。

中肉中背のサミュエル夫妻より先に、マホロに手を差し出したのは九歳のジークフリートだった。

「よろしくね、マホロ。僕のことはジークと呼んでいいよ」

ジークフリートは黒髪に青い目の、理知的な雰囲気の少年だった。白い肌にすっと伸びた鼻筋、細長い手足、何もかもを見通すような不思議な目をしていた。右も左も分からずぽかんとするマホロの手を握り、微笑んだ。

「今日から君は僕のために生きるんだよ。僕の言うことを聞いて、僕だけに従うんだ」

ジークフリートは優しいけれど反論を許さない声で、そう告げた。

サミュエルから、「お前を引き取ってくれと言ったのはジークなんだよ」と聞かされ、その日から、マホロはジークフリートのために生きると決めた。ジークフリートの傍で過ごし、ジークフリートの家庭教師から学問も学んだ。身寄りのないマホロにとって、この環境はとてもよいものだった。両親はいなくとも、サミュエルもマーガレットもマホロに優しかった。

自分は恵まれていると、マホロは彼らに感謝の念を抱いた。

ジークフリートは名家の生まれにふさわしい、万能な少年だった。言われたことは一度ですべて記憶するし、何カ国もの言葉を話せたし、芸術にも秀でていた。

マホロはボールドウィン家のためなら何でもするつもりだったし、特にジークフリートには誠心誠意尽くした。

そのジークフリートは、十八歳になると、ローエン士官学校に入学した。

ローエン士官学校は四年制の、魔法回路を持つ者のための学校だ。鳥が羽ばたいたような形をしているデュランド王国では、代々王族がこの国を支配している。現在は御年七十歳のヴィクトリア女王が実権を握っている。王族は魔法回路を持っていないのだが、王族にだけ伝わる特別な能力を有していると聞いたことがある。

富めるデュランド王国は昔から近隣諸国に狙われていて、それらを防いできたのは五名家の血を引く者だけが持つ魔法という不思議な力だった。国を守るため、五名家の魔法回路を持つ者は必ずローエン士官学校で、愛国心と国家への忠誠を誓う。だからローエン士官学校を卒業した五名家の人間は、ほとんどの者が軍の要職に就くか、王家を守る仕事に就く。ごくごく稀にまったく関係ない職を選ぶ者もいるが、緊急の際は必ず招集に応じるのが義務とされている。

ジークフリートはボールドウィン家の子息として魔法回路を持っていたので、試験を経て入学した。

ローエン士官学校は全寮制のため、入学すると夏季休暇と冬季休暇以外は学校から出られない。

「しばらく会えないけれど、元気でね。可愛いマホロ」

ジークフリートは別れ際にマホロを抱きしめ、そう言った。それから三年後、ジークフリートは学校から姿を消した。

　失踪と呼べるかどうかは分からない。ジークフリートは自ら退学手続きをとっていて、島を出た記録も残っていたからだ。けれど家族にもマホロにも何も告げずいなくなるなど、ありえないことだった。サミュエルはジークフリートの捜索をしているというが、その後の情報は何も得られていない。

「あの学校で何かあったに違いない。マホロ、お前が探ってくれ」

　ある日、サミュエルからそう言われ、マホロは頷いた。マホロもボールドウィン家の血を引いているので、魔法回路を持っている。マホロ自身は覚えていないが、魔法回路を持つ者が所有する、証明書を持っていた。

「ローエン士官学校で魔法の使い方を学ぶのだ。そしてジークフリートの痕跡を探ってきなさい」

　サミュエルにそう命じられ、魔法を身近に感じたことのないマホロだったが、今こそ役立つ時だと思った。

　ローエン士官学校の試験は、魔法回路を維持しているかの確認と、基礎能力の確認だ。五名家の血を引く証《あかし》である、魔法回路の証明書を持っているマホロは、今でも魔法回路がちゃんとあるかどうかの証明をしなければならなかった。成長と共に魔法回路が閉じる者がいるからだ。とはいえ、魔法なんて使った経験もないし、試験は不安だった。

　ボールドウィン家が操れる魔法は、土魔法だ。鍛錬者になると、地鳴りを起こしたり、ゴーレムを造ったりできるらしい。五名家の貴族は、自宅の敷地内なら魔法を教える許可を得ている。けれどそれ以外の人間は魔法を私的に使うことは禁じられていた。デュランド王国には魔法団と呼ばれる魔法使いだけで構成された軍の一団があり、勝手に魔法を使う者を取り締まっている。魔法には必ず痕跡が残るので、しらばっくれるのは無理だった。魔法を使うのはあくまで、国家を守るためとされており、魔法団の一員でもない限り、勝手に使用できなかった。そのため、魔法の指南書は国によって一括管理されていて、一般市民の目に触れることはない。

（試験って何やるんだろう？　心配だなぁ。落ちたら怒られるかな……）

ふだんは穏やかなサミュエルだが、怒ると鞭《むち》を使って使用人を痛めつけることがある。自分が鞭打たれる様を想像して、マホロは震えた。

「次の人、前に出なさい」

試験当日、緊張したマホロは名前を呼ばれ、ずらりと並ぶ試験官の前に進んだ。魔法の実技試験会場は大きなホールで、数多くの有名な魔法使いも来ているらしい。マホロは知らなかったが、他の受験生たちが『あれがローエン士官学校の校長だよ』と囁《ささや》いているのが聞こえた。興味をそそられてマホロもそちらを見たが、数人の男性と若い女性が並んでいて誰が校長なのか分からなかった。

「よ、よろしくお願いします！」

マホロは試験官の前で深々とお辞儀をした。にこりともしない強面《こわもて》の男がアルミの皿を運んできた。皿の上には黒い石が置かれている。

「君はボールドウィン家の者だね。では、それを握って」

試験官に促され、マホロは訳も分からず石を摑んだ。

とたんに、試験官たちが目を見開いて、おお……と声を漏らした。マホロは訝《いぶか》しげに試験官たちを見た。石を握っても特に変わりなく、魔法らしいものは何も発動されなかったからだ。これは失敗なのでは、と思ったが、試験官たちは目の色を変えている。

「これはすごいスピリットだ」

「こんなの見たことないぞ、すごい才能だ」

試験官は口々にそう言うが、何も見えないので全員でマホロを騙《だま》しているのではないかと疑わしく思った。

「マホロ・ボールドウィン、だね。覚えておくよ。もう石を置いていい」

中央に座っていた長い黒髪の若い女性が書類とマホロを見比べて微笑んだ。マホロは何が何だか分からないまま石を置いた。

「もう行ってよいぞ」

別の試験官に促され、マホロは何一つ理解できずに試験会場を出た。

その数日後、ローエン士官学校の試験に受かったと通知がきたのだ。

あの時、試験官が何を見たのか分からないが、マホロはローエン士官学校に入学する許可を得た。サミュエルからは慎重に振る舞うように言われ、必ずジークフリートが失踪した原因を探ってくると答えた。

学校に行くなんて、初めての経験だった。使命に燃える一方で、マホロは新しく始まる生活に期待で気持ちが昂《たかぶ》るのを感じていた。

長い石畳の道を、スーツケースを引きずりながら歩いていると、前方に同じようにスーツケースを引きずっている青年を見かけた。同じ船に乗ってこの島——クリムゾン島に来た新入生だ。ローエン士官学校は貴族出身の学生が多いが、島に着いたとたん貴族でも庶民でも扱いは一律になる。ふだんは馬車で移動する者も、ここでは自分で荷物を持ち、徒歩で行くしかない。

八月最後の日ではあったが、まだまだ日差しは強く、汗が滲《にじ》み出《で》る。明日、九月一日から学校が始まるため、前日の今日、皆やってきたようだ。

それにしても厳重な警備だとマホロは周囲に目を配った。

ローエン士官学校は周囲を海で囲まれた孤島にある。クリムゾン島は本土の西百十キロに位置し、島内には広大な森や湖もあれば、模擬銃撃戦ができる演習場もある。謎多き島で、面積や標高などは公表されていない。聞いた話によると、島の東側には森の人と呼ばれる一族が暮らしているらしい。森の人についてはほとんど資料もなく、先住民なのだろうとマホロは考えている。ローエン士官学校について調べた時、あそこは一つの要塞なのだ、秘密だらけだと揶揄《やゆ》する輩《やから》がいたが、島に渡る際の船内で、軍人が乗船客をすべて調べているのを見て納得した。

ローエン士官学校については、国による言論統制が敷かれている。だからエリート校であることや魔法学校であることは知られているが、そこで具体的にどんなことを学んでいるのか、教えられているのかなどの詳しい情報はほとんど知られていない。

ローエン士官学校では三年間を魔法の理論や実践にあて、最後の一年は現場実習と称して、軍に入隊することを入学が決まってから知った。途中で退学する場合、要注意人物として軍の監視下に置かれるそうだ。だからジークフリートの失踪は、軍にとっても由々しき事態ということになる。ボールドウィン家の屋敷にも何度も軍人が訪れ、ジークフリートを匿《かくま》っていないか詰問された。こちらのほうが居場所を知りたいくらいなのに。

(これからここに四年間……)

十五分ほど緩やかな上り坂を歩いたところで、目の前に煉瓦造りの建物が迫ってきた。学《まな》び舎《や》だ。コの字形の建物の真ん中に時計塔を備えた古めかしい建物で、壁にはツタが絡んでいた。丘に上がると、校舎の右側にいくつかの建物が見える。

校舎の手前に、案内板が立っていた。向かって右側には、校舎と渡り廊下で繋がれた講堂と聖堂。それからその奥に寮。向かって左側には図書館、その奥には教員宿舎があるようだ。

スーツケースを引きずる若者たちが、ぞろぞろと寮へ向かっていく。

校舎をぐるりと回ると、横に長い三階建ての石造りの建物が姿を現した。あれが今日から過ごす寮だろう。正面玄関ファサードには職員が数名立っていた。列になり、それぞれ入学許可証を見せる。

「あなたはＤ棟の２０３号室よ。プレートを確認してね」

マホロの番になると、眼鏡をかけたふくよかな中年女性がパンフレットを手渡しながら言った。パンフレットには校内案内図と敷地内の案内図が載っている。寮内と校舎に図書館など学校に関する施設以外は基本的に許可がないと入ってはいけないらしい。実弾を使った銃撃戦が行われている可能性があるので、むやみに演習場へ入らないようにと注意書きされている。森の人がいる島の反対側に関しては潔いほど何も触れていない。

マホロは何がどこにあるか覚えようと、案内図を懸命に頭に叩き込んだ。今日は暑くて、頭がぼうっとする。マホロは暑さに弱い。炎天下で一時間立っていると、すぐ倒れてしまう。

（うう……。暑くて頭が働かない）

汗を拭《ぬぐ》いながら確認していると、後ろからぽんと肩を叩かれる。

「ねぇ、君。２０３だろ？　僕と一緒。僕、ザック・コーガン。よろしく」

振り返るとそばかす顔にもじゃもじゃした髪の小柄な青年がいた。同じ部屋番号ということは、相部屋の子だ。日に焼けた顔で陽気に笑い、手を差し出してくる。マホロは緊張しつつ、その手を握った。

「マホロ・ボールドウィンです。よろしくお願いします」

「堅苦しいなぁ。もっと気安くしゃべってよ。ボールドウィン家ってことは貴族なんでしょ？　いやぁ、同室の子、どんなんかって心配してたからよかったぁ。ほら、僕小柄だろ。マッチョな奴だと負けちゃうじゃん？　僕より小さい子がいてよかった！」

快活に笑うザックにマホロは苦笑した。

「本当……。巨人の帝国だよ……。あと俺、貴族というほどのものじゃないから。ボールドウィン家の末端、みたいな……。名乗るのも恥ずかしいほどに」

マホロはしみじみと言った。近くにいる男性は身体つきのしっかりした男性ばかりで、浮いているのを自覚していた。マホロは十八歳という年齢のわりに小柄だし、体力もない。ボールドウィンの屋敷でも「君って、とろいし、ぜんぜん大きくならないね」とよくからかわれた。

「そうなんだ？　それなら気が楽だぁ。マホロってぼーっとしてそうだね。いや、僕はそのほうがいいよ。同室の子が怖いよりぜんぜんいいよ。ところでマホロって変わった名前だね。金髪だけど、目は黒いし。染めてるの？　っていうか白いねー。目を引く白さだねー」

ザックに聞かれ、マホロは赤くなって頷いた。マホロは髪の毛を定期的に染めている。染めないと真っ白なので目立ってしまうのだ。もともと髪は真っ白だった。肌も白いし、まつげも白いし、全体的に色素が薄い。十八歳になるというのに、容姿も幼くて、少しコンプレックスだった。

「なんか日に焼けないんだよね。長時間、太陽の下にいると倒れるし。ザックが羨《うらや》ましいよ」

こんがり焼けた肌のザックに言うと、海で焼いた時、腕時計の痕がついてしまったとザックは嘆いた。陽気な性格らしく、仲良くやっていけそうだった。同室の子が気軽にしゃべれる相手だなんて、きっと自分はついている。

「ここにいるってことはザックも五名家なんだよね？　俺、そういうのあまりくわしくないんだけど」

「僕自身は庶民だけどね。この士官学校を受けろって書類が届いたんだ。どうやらエインズワース家と遠い血の繋がりがあるみたい」

ザックが誇らしげに胸を張る。エインズワース家は水魔法の一族だ。

「すごいよね、ここ。本当に入学できると思わなかった。昨晩は興奮しすぎて一睡もできなかったよ」

ザックは校舎を見上げて言う。

——ふいに大きな鐘の音が鳴り響いた。

「わっ」

マホロはびっくりして耳をふさぐ。時計塔の鐘が十二時を知らせる。島中に響き渡るような大きな音だ。

「入ろうよ」

早足になってザックが言う。マホロたちが過ごす寮の外観は、二階建ての石造りでホテルみたいにしゃれたものだった。正面から見ると横に長い建物だが、実際はたくさんの花が咲く中庭を囲むようにロの字形に造られている。A棟からD棟まであり、出入り口は校舎に近いA棟とB棟の間に一つ、湖に近いC棟とD棟の間に一つあるだけだ。アーチ型の玄関を潜ると、脇に留まり木があって、フクロウがいた。フクロウはぎょろりとマホロとザックを見る。

「可愛いー。って、いってー!!」

ザックがフクロウに触れようとすると、激しくその指を突いてきた。ザックはあやうく指を怪《け》我《が》するところだった。凶暴な性格のフクロウらしい。

中に入るとフロントとホールがあって、らせん階段が上階の廊下に繋がっていた。案内図によると、寮の一階には食堂や娯楽室、談話室、浴室、レクリエーションルームがある。一、二年生の部屋は二階で、三、四年生が三階だ。

「知ってる？　プラチナルームって」

入寮の手続きをしている間、ザックが耳打ちしてきた。

「プラチナルーム？」

「三年生になると総合成績が優秀な三人だけ、特別な部屋をもらえるんだって。個室でトイレも風呂も完備っていう噂。プラチナルームに入れる学生には、他にもいろんな特権があって、門限とかも気にしなくていいってよ」

ザックはマホロが知らない話を知っていた。マホロたちの門限は七時で、それまでに寮に戻っていないと罰を受けることになる。トイレも風呂も共同のものしか使えない。しかもそれぞれ指定時間があった。

「よく知ってるね」

マホロは感心して言った。

「さっき船長と仲良くなって教えてもらった」

ザックは生来の人懐《ひとなつ》こさを発揮して、すでに情報収集しているようだ。マホロは尊敬の眼差しでザックを見つめた。ジークフリートについて調べなければと意気込んでいるマホロだが、何をどうしたらいいか分からない。ザックを見習って同じような行動をとれば、その目的が達成できるだろうか。

手続きを終えると、マホロたちはD棟に向かった。D棟は校舎から一番遠い場所にある。造りはすべて同じなので、ホールを通り、らせん階段を上って２０３号室を探した。扉のプレートにマホロとザックの名前がある。

「今日から新生活のスタートだね！」

ザックがドアを開けて、はしゃいだ声を上げる。マホロはつられて笑顔になりつつ、気を引き締めて、中に入った。

3 入学式

　黒地に装飾の入った制服に袖を通すと、マホロは鏡の前でため息をこぼした。

　身体にぴったり沿ったラインのジャケットは金のボタンが並んでいる。ストレートパンツに黒い編み上げブーツも支給品だ。この制服の上に黒いコートを着ると正装になる。今日は入学式なので正装しなければならないのだが、いかにも軍服といった印象の制服で、似合わないことこの上ない。

「うわー。何か着られている感満載だねっ」

　マホロと同じく制服が似合っていないザックがコートをひらひらさせて笑った。黒いコートの裏地は真紅で、ちらりと見えると格好いい。身長が高く、身体つきもがっしりした者が着れば似合うだろうが、まだ幼さの残るマホロたちには馴染《なじ》まない。

「学芸会でももう少しマシなような」

　マホロは鏡の前で肩を落とした。マホロが暮らす寮の一室には、二段ベッドと机が二つ、クローゼットが二つある。二人分の荷物が入るともう窮屈《きゅうくつ》なくらいで、個室に入れる優秀な学生が羨《うらや》ましかった。

「マホロ、卒業する頃にはきっと似合っているよ！」

ザックは陽気に親指を立てる。

ザックとは夜通し語り合い、すっかり仲良くなった。マホロは初めてできた友達のザックと、この学校でがんばろうと誓い合った。

「――そろそろ行く？」

入学式の時刻が近づき、マホロは聞いた。

「そうだね。行こう」

廊下に出ると、同じように制服に身を包んだ学生たちがぞろぞろと講堂へ向かっていく姿が確認できた。昨日は部屋で荷物を解《ほど》いた後、寮と校舎のあちこちをザックと探検した。夏季休暇の最終日ということもあり、夕方になると上級生が次々と寮に帰ってきた。エリート校だけあって、どの人も優秀そうで内心不安になった。

「やっぱり下っ端はいろいろ不便だね」

ザックは念のために持ってきたパンフレットを舐《な》めるように見ながら、不満そうに言った。

ここは縦社会なので、新入生は風呂に入るにも順番を守らねばならない。上級生は五時過ぎからいつでも使えるのに対して、新入生は八時からしか使用できないのだ。消灯は十時なので、毎日慌ただしい。娯楽室も談話室も同じで、学年が上がれば上がるほど自由度が増すようになっている。

「講堂に皆、集まってるね」

校舎の南側に学生全員を収容できる講堂があって、入学式はそこで行われる。軍での実習に参加している四年生を除くと、現在の学生数は八十七名ほどだと聞いた。試験をパスする人数は毎年ばらつきがあり、今年の一年生は三十二名だ。

回廊を通って講堂に入ると、マホロは感動して建物内部を見回した。壁や天井には聖母をモチーフとしたきらびやかな絵が描かれていて、舞台の上部には凝《こ》った装飾のレリーフが刻まれている。講堂の隣には聖堂があり、神父もいるそうだ。

(すごいなぁ……ジーク様もここで入学式を迎えたんだ)

こんな栄誉ある学校の講堂の入学式に参加できるなんて、感動ものだ。

「どしたん?　マホロ、行こうよ」

ザックに引っ張られ、マホロはあちこちに目を奪われながらついていった。

(今日のこと、一生覚えていよう)

感謝の念を抱いて、新入生の列に加わった。

ゴシック様式の講堂の内部は、舞台に向かって半円形の造りになっている。一階の椅子には新入生が座り、二階席には上級生が座るようだ。マホロとザックは一階の後部席に座った。椅子がどんどん埋まり、雑談も声高になっていく。特に二階席から面白そうに新入生を眺めている上級生がいて、時々笑いの渦が起こった。

マホロは緊張して、顔の筋肉が強張ってきた。

舞台上に教師や職員が上がっていく。その時だ。どこからか視線を感じた。

（え……？）

マホロは戸惑って周囲に目を向けた。気のせいだろうか。今、すごく見られていたような……。

「おしゃべりは終わり。式を始めるよ」

マイクを持った教師らしき白髪《はくはつ》の女性が舞台の袖から現れる。髪は真っ白だが、顔は若々しい。魔法使いみたいなマントと深いつばの帽子を被った格好で、彼女が出てきたとたん、二階席から指笛が鳴り、歓声が上がった。人気のある教師なのだろう。笑顔で手を振り、舞台中央に立つと、新入生に向かって投げキスをした。

顔を見て、思い出した。試験官の一人だ。あの時は黒髪だったのに、今は白髪だ。マホロは興味を惹《ひ》かれて身を乗り出した。

「入学おめでとう！　校長のダイアナ・ジャーマン・リードだ。これは私からのお祝い」

ダイアナはそう言うなり、マントの下から杖を取り出して、宙に何か文字を描いた。すると一陣の風が吹き、マホロたちの上に渦を巻いたたくさんのピンク色の花びらが舞い上がった。マホロはびっくりして手のひらに舞い降りてきた花びらを摑んだ。どこからこんなにたくさんの花びらが生まれたのか——これが魔法と呼ばれるものだ。入学生がわぁっと騒ぎだす。皆、初めて見る高等魔法に目を輝かせている。

ジャーマン・リード家は雷魔法の一族だが、学べばこんなふうに他の魔法も扱えるのだ。

ダイアナは笑顔でさらに杖を振るう。すると花びらが上空で集まり、次々と一つの花を形成していく。それらは薔薇《ばら》に変わり、ダイアナの杖の動きに従って新入生の胸ポケットに収まっていった。若く見えるが、この人がこの学校の校長なのだ。

「すごい、すごい」

ザックは飛び上がって手を叩いて喜んでいる。そういえば昨夜「魔法を習うのが楽しみだったんだ」と二段ベッドの上から教えてくれたっけ。

「ここの校長はこの国で四賢者と呼ばれている人の一人で、すごい実力の魔法使いなんだよ！」

興奮を隠しきれないザックが耳打ちしてくる。大事そうに胸ポケットの薔薇を見つめるザックに、マホロは微笑んだ。

入学式は予想外の形で始まり、それに教職員の挨拶や国の補佐官からの激励が続いた。司会役の教師がそれぞれの名前を読み上げていく。

（また……視線が）

舞台上で挨拶する人を見ながらも、マホロは気になって視線をさまよわせた。突き刺さるような視線を感じて、そわそわして落ち着かなくなる。思い切ってザックに「誰かに見られてない？」と聞いてみたが、きょとんとされた。

「続きまして、在校生代表、ノア・セント・ジョーンズから祝辞が述べられます」

司会の声と共に、壇上に背の高い青年が上がった。

（うわー。華やかな人だなぁ）

舞台中央に青年――ノアが立ったとたん、席についていた新入生全員の目が奪われる。マホロも例外なく吸い込まれるように青年を見上げた。美術館に飾られている彫刻のように美しい人が、

壇上から新入生を見下ろしているのだ。ブルネットの長い髪が肩にかかり、切れ長の青い宝石のような瞳が静かな光を湛《たた》えている。すらりとした肢体には無駄な肉は一切見当たらず、美麗な顔に反して脆弱《ぜいじゃく》さは微塵《みじん》もなかった。

「……っ」

あまりの美しさに新入生から吐息がこぼれる。ノアは祝辞を書いた紙を手にしたまま、じっと新入生を見つめていた。まるで何かを探すように。その視線が自分と合った瞬間、見つけたと言わんばかりに目が大きく見開かれた。とたんに雷に打たれたような衝撃が身体に走り、マホロは動けなくなった。

（な、なんか、びりびりする。魔法でも使ってるのかな？　しかもすごい睨《にら》まれているような？）

ノアが怖いくらい強い視線でマホロを見ている。知らない人だし、見つめられているのも気のせいだろうと思ったが、ノアは無言で圧を与えてくる。

「何か僕のこと見てない⁉」

ザックは小声で、狂喜乱舞している。やっぱり自分を見ていると思ったのは気のせいだと、マホロは苦笑した。大体、在校生代表が自分を見つめる理由がない。

「どうしたんだろう？」

壇上に立ったまま無言を続けるノアに、学生たちがざわめきだした。するとノアの視線がようやく外れ、何事もなかったようにマイクをとった。

「新入生諸君、入学おめでとう。ローエン士官学校は君たちを歓迎します」

ノアがうっとりするような微笑を浮かべると、講堂にいた学生の表情がゆるむ。花が開くような微笑みに、新入生は皆、魅了されている。

「魔法回路を持つ君たちは、選ばれた民、特別な人間なのでしょう」

ノアの美しい声が講堂に響き渡る。蕩《とろ》けるような顔でノアの言葉を待っていた新入生たちは、ふっとノアがうつむいたのを見て、何事かと身を乗り出した。

――ノアは持っていた祝辞の紙を、ぐしゃりと握り潰す。

「……どいつもこいつものほほんとした面構えだな？　言っとくけど、選民意識を持っている奴は容赦なく俺が潰していく。俺は醜いものが嫌いだ。反吐《へど》が出るような貴族主義に凝り固まった奴は、片っ端から締めていく。以上、祝辞終わり」

がらりと変わったノアの声音に、新入生が全員固まる。三年生のいる辺りからは喝采が沸き、口笛が聞こえる。それまでの麗《うるわ》しい笑みを不敬な笑みに変えて、ノアは壇上を後にする。教師から「こらー‼」とノアを叱る声が響く。あまりの変わりように、マホロはあんぐりと口を開けた。

「す、すごい人だね……」

新入生のざわめきが大きくなって、マホロは気を呑まれたまま呟いた。あの美しい顔の中身は、かなりの悪魔に違いない。

「あの人のこと、調べなきゃ！」

ザックが興奮して囁《ささや》く。ザックは綺麗な顔の中身が恐ろしいものでもかまわないようだ。

「続きまして新入生代表、キース・エインズワース」

名前を呼ばれ、最前列に座っていた青年が立ち上がり壇上に赴く。ザックいわく、新入生の中で一番試験の成績が優秀だった青年らしい。顔を見て驚いた。邪魔だとマホロをスーツケースで突き飛ばした人だ。背の高い金髪に青い目をした青年で、エインズワース家の出自らしい。先ほどのノアのめちゃくちゃな祝辞にも負けない、堂々とした態度で答辞を述べている。

自分以外の誰も彼もが優秀に見える。卒業する頃には自分もそう見えていればいいなと思いつつ、マホロは答辞に耳を傾けた。


入学式が終わると、学生はいっせいに講堂を出た。新入生はこの後それぞれのクラスに行くことになっている。マホロはD棟なので、Dクラスだ。A棟はAクラスと、宛がわれた寮の棟とクラスは連動している。クラス分けの基準は、一般学習の成績順らしい。

「おい」

クラスへ行こうとしたマホロたちの前に、立ちはだかってきた青年がいた。先ほど祝辞を述べたノアだ。新入生の間でもすっかり有名人になってしまったノアに、みんなが急いで道を譲る。ノアはあからさまに厳しい顔つきで腕組みして立ち塞がっていたが、マホロは自分ではない人に声をかけていると思って、素通りしようとした。その襟首を、ノアに摑まれる。

「えっ⁉　俺⁉」

心底びっくりして、マホロは素っ頓狂《すっとんきょう》な声を上げた。隣にいたザックが頬を紅潮させて、「マホロ、何したの⁉」と好奇心いっぱいで叫んでくる。

「お前だ、ちび」

ノアはじろりとマホロを見やり、引きずって歩きだす。何事が起きたのかと、マホロに周囲の注目が集まるが、ノアの迫力に誰も追ってこようとはしない。

（さっきの視線……気のせいじゃなかったんだ！）

マホロは何が起きたか分からず、目を白黒させてノアに連れていかれた。入学早々、何かやってしまっただろうかと焦ったが、本当に初めて会う人だし、理由が分からない。マホロはボールドウィン家の血筋といっても、社交界や一族の集まりなどには一切出たことがないのだ。

ノアは無言でマホロを人気《ひとけ》のない場所へ引っ張る。校舎から離れ、中庭の東屋《あずまや》へ連れていかれた。ノアは他に人がいないのを確認して、ようやくマホロから手を離した。

じろじろと探るように見つめられ、顔を覗き込まれる。ちびと言われたのは腹が立つが、仕方ない。ノアの身長はマホロより四十センチ以上高い。

「お前、ちょっとジャンプしてみろ」

有無を言わせぬ迫力で命じられ、マホロは「ひぃっ」と身をすくませた。

「え、じゃ、ジャンプ……？　何故？」

高圧的な視線にマホロがおそるおそる聞くと、顎《あご》をしゃくられる。

「やれと言ったらやれ」

命令することに慣れているノアの口調に、マホロは逆らえずにその場で跳躍した。

「……おかしいな。何も音がしない」

マホロを何度も跳ばせた後、ノアが怪訝《けげん》そうに腕を組む。マホロはピンときて、青ざめた。

「カツアゲですね！　俺、お金なら持ってません！」

思わず大声で言うと、ノアに胸ぐらを摑まれる。

「誰がカツアゲだ。口の利《き》き方《かた》に気をつけろ。火あぶりにするぞ、ハムスター風情が」

綺麗な顔から飛び出てくる言葉とは思えず、マホロはすみませんと急いで謝った。この人、顔と中身が違いすぎる。誰か助けてくれないかと周囲を見回すと、こちらに向かって駆けてくる学生がいる。

「ノア様！　新入生にそれはまずいかと」

マホロとノアの間に割って入った上級生がいた。眼鏡をかけた茶髪の青年で、マホロの胸ぐらを摑むノアに切実な表情で訴える。ノアが舌打ちした。

「テオか。お前は呼んでない」

忌々しそうにテオと呼ばれた青年を見やり、ノアがマホロから手を離す。テオのおかげで助かった。ホッとして胸を押さえるマホロに、ノアが向き直った。

「お前——魔法石、隠し持ってるだろ」

ノアは確認するようにマホロの制服を叩いていく。

「魔法石……？　いえ、持ってませんけど……」

マホロはぽかんとして首を振った。魔法石というのは試験で使った黒い石のことだろう。何でそれを自分が持っていると思ったのだろう?

「おかしい……、ない……何故だ?」

ノアはしつこくマホロの身体を探った。あらゆる場所を確認して、ようやく本当に持っていないと確信したのだろう。咳払いして、髪を掻き上げた。

「悪い。勘違いした。疑ったりしてごめんね。許してくれるか?」

にっこり笑って、マホロをじっと見つめる。麗しい顔に迫られて、マホロはつられるように頷いた。するとノアは「白ハムスター。知能低し」と呟いてマホロの肩をぽんと叩くと、背中を向けて去っていく。テオがその後ろを追いかけ、何か話しかけているのが見えた。

残されたマホロは呆然として、その後ろ姿を見送った。

(え、え。ちょっと……? どういう……? 何なのー⁉)

時計塔の鐘が鳴り響いた。東屋に一人残されたマホロは、しばらくその場に立ち尽くした。

4 学校生活

ローエン士官学校での生活が始まった。

一年生は四クラスで、試験の成績順にAからDに振り分けられた。魔法の授業だけは三十二名全員で行う。一クラスは八人なので、すぐに名前と顔が覚えられた。

科目は主に一般教養、兵科、魔法科の三つに分かれている。といっても魔法に関しては実技に入るのは当分先で、最初は魔法の仕組みや世界の成り立ち、魔法を使うにあたって必要なことを習う。魔法を使いたくてたまらないザックは、実技が待ち遠しそうだった。

魔法回路を持っているといっても、一族から魔法を習ったことのある者は数少なく、ほとんどの人間は初めてのようだった。私的に魔法を使うのは禁じられている。ここで習う魔法は、すべて国を守るためという名目で教わるのだ。

一般教養はこれまで学んだものの延長線なのでいいのだが、問題は兵科だった。銃の組み立てや分解、兵器の扱い方、射撃訓練、体術や剣術、上級生になると戦略も習うらしい。銃を持つのなんて初めてだし、撃つなんて一生ないと思っていた。士官学校なのだから当たり前といえば当たり前なのだが、慣れない作業についていくので精一杯だった。

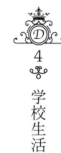

「マホロ君。部品が余っているようだが」

その日も開始の合図と共に部品から銃を組み立てていると、何故か最後に部品が一個余って、クラス中の学生から笑われた。教師もやれやれという顔つきで見ている。これまで家庭教師について学んだことしかなかったので知らなかったが、どうやらマホロは出来が悪いらしい。学校という同世代が多く集まる場所に来て、初めて自分のレベルが分かった。

「はー。やっぱハイレベルだねー」

校舎の南棟の一階にあるカフェテリアで昼食をとりながら、ザックがぐったりして言った。カフェテリアには多くの学生が集まり、わいわいと騒がしい。昼食は南棟にあるカフェテリアか、寮にある食堂で食べるのが一般的だ。ここで出す料理はすべて無料なので、その日の気分に合わせて選ぶ。マホロはこれまで好きなものを選んで食べるという経験がなかったので、食事の時間はとても楽しかった。

学校生活が始まってまだ三日だが、授業内容のレベルが高くて毎日必死だった。さすが五名家の出自が多いというべきか、Dクラスとはいえ周囲の人間が皆優秀に見えて焦る。

時間割は朝の九時から三時までみっちり授業が入っていて、その後はクラブ活動など自由時間になる。

オレンジジュースを飲んでいたマホロの耳に、ひときわ華やいだざわめきが聞こえてきて、つい振り返った。カフェテリアに入ってきたグループの中心にノアがいた。お互いに遠目で気づいたのが分かった。あれから何度か廊下や食堂で顔を合わせた。そのたびに探るように見つめられて、震え上がってしまう。

「おー。ほら、あの二人はプラチナ3だよっ。ノア様は今日も美しいなぁ」

ザックが近くに座ったノアたちに気づいて、マホロに耳打ちしてくる。テーブルにはノアの他に同じくらい背の高い茶髪の男と、この前会ったテオという男が座っている。テオはまるでノアの召使いみたいにあれこれと世話を焼いている。

「プラチナ3……？」

マホロが眉根を寄せると、ザックがにやりとする。

「前に言ったじゃん？　個室もらえてるハイスペック学生。それがあの二人。ノア様の隣に茶髪のイケメンがいるじゃん？　あれはオスカー様で五名家のラザフォード本家の貴族様さぁ。もう一人はテオって言って、ノア様の従僕ってもっぱらの噂。うーん、ノア様は今日もイケてるなぁ」

マホロはちらりと三人を見た。オスカーは爽やかな印象の美丈夫で、均整の取れた身体つきをしていた。遠くからでも、自信にあふれているのがよく分かる。

「……？」

ふいにノアが振り返り、目が合ってしまい、慌ててそっぽを向く。決してノアを見ていたわけではないし、近づいたわけでもない。気に障《さわ》らなかっただろうかと心配になる。

「なぁなぁ。入学式の日、何でノア様に目をつけられたのさぁ？　やっぱラブ的な？　マホロって可愛い顔してるし」

　ザックは目をきらきらさせて、マホロを肘で突く。ノアに連れていかれるところは皆が見ていたので、理由を知りたがる者は多かった。ザックにしつこく聞かれたが、マホロは困り果てた。どうして目をつけられたのか、自分のほうがよっぽど知りたい。

「魔法石隠し持ってないか疑われたんだって……。ていうか、すごい怖いんだけど、あの先輩。口悪いし、俺のこと害虫を見る目で見ていたような」

　他に言いようがなくて、マホロは肩を落とした。ノアはマホロが魔法石を隠し持っていると疑っていたが、それだけで何故あんなふうに詰め寄られなければならなかったのか納得いかない。

「そんなことよりさ、クラブ活動なんだけど」

　マホロはノアを気にしないように努めながら、サンドイッチを頬張った。入学早々、先輩に目をつけられたという事実は忘れたかった。

「ああ、クラブ活動」

　ザックが目を輝かせる。授業が終わった午後三時から五時までの二時間はクラブ活動の時間にあてられている。冬季休暇までに必ずどこかのクラブに所属しなければならないのだ。

「魔法クラブに入らない？」

　マホロは期待を込めてザックに言った。魔法クラブはジークフリートが所属していたクラブだ。ザックは魔法を使いたくてこの学校に入ったのだから、きっと一緒に入ってくれるはずだ。自分よりよほど調査能力のあるザックなら、知りえない情報も入手してくれるに違いない。

「あー。魔法クラブね……無理だよ」

ザックは苦笑する。

「え、何で」

「だって今、休部中だもん」

残念そうにザックに言われ、マホロは絶句した。休部中――？

「僕も入ろうと思ってすぐ先生に聞いたんだけどね。何か半年前に問題が起きて、活動休止中なんだって。マホロも入りたかったんだぁ」

ショックでマホロは固まった。これはまずい。同じクラブに入って、先輩と仲良くなればジークフリートの情報を聞き出せると思っていたのだ。計画の一つがおしゃかになって、目の前が暗くなる。

「魔法書研究クラブにしようかと思うんだけど、マホロもどう？　マホロ？」

ザックが別のクラブへ勧誘してくれたが、マホロはろくに聞いていなかった。ジークフリートについて調べなければならないのに、一つ打つ手を失った。ジークフリートの同級生は、皆現場に出ていて学校にいない。これからどうすればいいのだろう。

昼食を食べ終えると、マホロは用事があると告げてザックと分かれ、校舎の中央棟に向かった。三階の一室、時計塔をメンテナンスするための部屋の隣に魔法クラブの部室がある。活動休止中と聞いていた通り、部室の扉に立ち入り禁止の貼り紙があった。せめて中に入り、何か調べられないだろうかとマホロは未練がましく鍵のかかっている扉を開けようとした。

「おい」

不機嫌そうな声を背後からかけられ、ギクッとして飛び上がる。振り向くと、ノアとオスカーがいた。テオはいないようで、また絡まれるのではないかと心配になった。ノアは貼り紙のあるドアをちらりと見る。

「そうビビるな。この前は悪かったな。俺は弱い者いじめは嫌いだからな。弱者は眼中に入れないことにしているんだ」

また難癖つけられるのだろうかとびびっていると、ノアの声が柔らかくなり、近づいてくる。気のせいか、軽くディスられたような……。

「あ……いえ」

謝られて拍子抜けして、マホロはお辞儀した。ノアは腕組みをして、マホロを見下ろしてくる。

「でもなぁ……やっぱりお前、変なんだけど……」

ノアはまだ納得していない様子で、マホロをじろじろと見てくる。オスカーが面白そうに、ノアの横に並ぶ。

「何、何。この子がノアが気にしてた異分子君？　名前は？」

オスカーは陽気な性格らしく、笑顔でマホロの手を握ってくる。

「そういや聞いてなかったな。ちび、名前は」

ノアに鷹揚に聞かれ、「マホロです」と小声で答えた。

「ちびって言うなって。小さくて可愛いじゃないか。俺はすごく興味があるなぁ。マホロって言うんだ。俺はオスカー・ラザフォード。こいつの友人」

ノアと同じくらい高い身長に、引き締まった身体つき、肩までかかる茶色い柔らかそうな髪、人懐《ひとなつ》こそうな青い瞳がマホロを覗き込む。

「お前、まさかこのクラブに興味があるのか？」

ノアは貼り紙があるドアに手をかけ、尋ねてきた。

「もしかして入りたいの？」

オスカーが優しげに聞いてくる。

「は、はい！　入りたいです！」

マホロが直立不動になって言うと、オスカーが頭をぽんぽん叩いてくる。

「へぇー。だってさ、リーダー」

オスカーがウインクしてノアに聞く。つられてノアを見ると、「俺がクラブ長」とそっけなく言われる。ということは、ジークフリートが入っていたクラブに、ノアも入っていた。つまり、ノアはジークフリートを知っている？

「ちなみに俺も入ってる。今は休部中だけど、来月には再開する予定だよ」

マホロの髪をぐしゃぐしゃと撫でながら、オスカーが笑う。

「何かこの子、小さくて構いたくなるなぁ。十八歳に見えない。十五歳くらいにしか見えないんだけど」

「ハムスターっぽくない？　こいつ」

ノアとオスカーにからかわれ、マホロは身を引いて乱れた髪を直した。とろいとかぼーっとしているとはよく言われるが、ハムスターは納得いかない。

「来月になったら、入れますか⁉」

マホロが頭を押さえて聞くと、ノアがにやりとする。

「校長が許可してくれたからね。でも言っとくけど、うちのクラブ、入部希望者が多いから誰でも入れるわけじゃないよ。お前はどうかなぁー？　うち身長制限あるからなぁ。最低でも百七十センチはないと」

ノアにこれみよがしに言われ、マホロは絶望的な表情になった。そんな。いきなり二十センチも伸びるわけがない。

「ノア、からかうなよ。可哀想だろ。そんな条件ないから」

マホロを憐れに思ったのか、オスカーが教えてくれる。ホッとしたのも束の間、選抜があると聞いて不安になった。といっても選考基準は明確になく、クラブ員同士で話し合って入れる子を決めるらしい。落ちたら、ジークフリートの情報は聞き出せない。

「あの……、おふたりはジーク様をご存じですか？」

マホロは思い切って二人に尋ねてみた。ジークの名前を出したとたん、二人の明るかった表情が一瞬にして硬いものに変わる。

「ジーク……？　ジークフリート・ボールドウィンのことか？　あいつが、どうしたって？」

ノアの視線が冷たいものに変化し、マホロに詰め寄る。ジークフリートの名前を出しただけで、そんなに変わるとは思わなくて面食らった。

「あの……俺、ジーク様の遠縁で」

おそるおそる言うと、ノアとオスカーが目配せする。ノアとオスカーは絶対にジークフリートを知っている。

「ジークフリートの関係者か」

ノアは忌々しそうにマホロを見下ろす。名前を出したのは失敗かもしれないが、もう後には引けない。

「ジーク様は失踪してしまいました。その原因を調べるよう言われています。俺は遠縁ということでジーク様の屋敷に引き取られて」

マホロは窺《うかが》うように言った。

「……」

ノアは苦虫を噛み潰したような顔で、オスカーを見る。オスカーは困ったように肩をすくめた。

「あの人なら退学したよ。自分で手続きしていったはずだけど」

物憂げにオスカーが呟く。

「それは知っています。その後……消えてしまったんです。お願いします！　ジーク様のことを教えて下さい！　失踪の手がかりになるようなものを、探しています！」

マホロは深々と頭を下げた。せっかくジークフリートに関して情報を持っている人を見つけたのだ。少しでも手がかりが欲しかった。

「魔法クラブが休部になったのは、あいつのせいだ」

マホロが頭を下げたままでいると、不機嫌そうな声が降ってきた。

「え……？」

マホロが顔を上げると、ノアが眉根を寄せている。

「ノア。……ごめん、マホロ、その話はまた今度ね。ジークの話になると、ノアの機嫌が悪くなる」

オスカーが宥《なだ》めるようにノアの肩を抱き、行ってしまう。

思いがけない情報に、マホロは動揺した。ジークフリートが学校で問題を起こしていたなんて、知らなかった。


ジークフリートが何をしたのか、想像ばかりが頭をぐるぐる回った。空いた時間に図書館に行き、学生名簿を探したが、退学者は名前を削除されていて、確認できなかった。くわしい話をノアかオスカーに聞きたかったが、そういう時に限って会えずにいた。

「マホロ！　へっぴり腰になっているぞ！」

剣術の授業では、持ち慣れない剣の扱いに講師のアンドレからしょっちゅう注意された。実技の授業は、基本校庭で行われる。マホロは日光に弱くて、天気のいい日に長時間外にいると、眩《め》暈《まい》を起こす。あらかじめ学校側には伝えてあるのだが、毎回見学ばかりしているわけにもいかない。剣術の授業ではトレーニングウェアを着て、借り物の剣を手に持った。剣は練習用の刃がないものだが、重さは本物と変わらない。

アンドレは基本動作を教えると、学生を一列に並ばせ、素振りをさせた。剣を使っての構えや突き、素振りなどを一時間やり続ける。宙を斬っているだけでこんなに疲れるなら、実戦になったらどうなるのだろう。

「今時、剣とか使うのかよ」

同じクラスのジャックが汗を拭《ぬぐ》いながら愚痴った。実技の一つである剣術には、マホロも疑問を抱いていた。銃があるのに、今時、剣を学ぶ必要があるのかと。

「お前ら、剣の重要性を分かってないな」

気合いの入っていない学生を見かね、アンドレが皆を集めた。

「いずれ魔法の授業で魔法石を使う。その魔法石は、剣に組み込むとすごい力を発揮するんだ。銃よりも大きな力だ。軍の魔法団では銃より、剣を重宝しているんだぞ」

初めて聞く話にマホロは目を丸くした。軍には魔法団と呼ばれる精鋭部隊があり、他国からの干渉や内乱を抑えるのに活躍している。魔法という不可思議な力を使い、国民を守っているのだ。魔法団に入れるのはエリート中のエリートで、上級魔法が使える選ばれし者たちの集まりだ。

「へぇー。そう聞くとかっこいいな」

ジャックはすっかりその気になり、素振りにも熱が入るようになった。マホロも懸命に剣を振ったが、皆に比べて振りかぶるのが遅い。マホロは小柄というだけでなく筋肉もあまりなくて、体力もクラスで一番劣っている。成績だけでなく、体力も劣るなんて、自分が駄目な奴に思えて情けない。

「剣術の後の体術って、つらいよなぁ」

剣術の授業の後は、体術の授業が待っていた。ザックの言う通り、マホロはもうくたくたで、体術の講師にも叱られてばかりだった。

「護身術は基本だからな！　何百回も繰り返すぞ！」

体術の授業では、二人一組になって、基礎の動きを学んだ。交互に教えられた技をこなし、マットの上で転がったり、組み合ったりする。

体術の授業を終えると、ようやく昼食の時間だ。

マホロはザックと二人で食堂に行き、空腹を満たした。お互い疲れて、おしゃべりする気力もない。同じような授業をこなしているはずなのに、Aクラスの学生たちは楽しそうに食事をしている。優秀な人間は、どれもできてしまうのだろう。

「始まってまだ二週間なのに、すげー疲れてるよね。僕たち」

アボカドの入ったサラダをもそもそ食べながら、ザックが呟く。

「やりたい魔法の授業は未《いま》だに歴史ばっかりだし」

ザックは不満そうだ。魔法の授業は今のところ、いつからこの国が魔法を使い始めたかとか、魔法石が見つかった由来とかばかりで、ザックはつまらないのだ。

「そういや、魔法クラブって来月再開するんだって？　再開するなら、断然魔法クラブだなぁ。

一緒に入ろうよ！」

思い出したようにザックがフォークをくるくる回した。

「うん、でも誰でも入れるわけじゃないみたい」

「そうそう、魔法クラブはプラチナ3がいるから、倍率厳しいらしいんだよね。新入生は五名しかとらないって話。僕、受かるかなぁ」

嘆かわしげにザックが言う。

「プラチナ3がいると倍率厳しいってどうして……？　そんな楽しいクラブなの？」

ノアたちが入っていると、何故下級生が入りたがるのか疑問で、マホロは首をかしげた。

「お馬鹿、トップの上級生と縁を持っておけば、将来いいことありそうだろぉ。毎日ノア様の美しいご尊顔を拝見できれば、それだけでも幸せだし。あわよくば……って奴もいるみたいよ？」

ザックが元気を取り戻したようにほくそ笑む。マホロは唖然とした。同性でもあれだけ綺麗だと群がる人が多いのだと分かった。

「おっ」

ザックが椅子を揺らして興奮する。食器を片づけたノアたちがこちらに向かって歩いてくる。オスカーとテオが一緒だ。ノアとオスカーは、ずいぶん仲がいいらしい。

ジークフリートについて聞きたくてうずうずしたが、前回聞いた際の二人の態度が頭にこびりついていた。ジークフリートについて調べなければいけないが、先輩の気分を逆撫でしてまで聞くのはよくない気がした。魔法クラブに入れたら、聞く機会も増えるに違いない。もちろん入れたらの話だが……。

見つからないようにとうつむいてハムサンドを食べていると、ザックがつんつんと肘を突いてくる。

「ノア先輩、見てるけど」

ザックに囁《ささや》かれ、マホロはそっと顔を上げた。食堂の入り口から、ノアがこちらを見ている。まだ不機嫌だろうかと心配になったが、顔を見る限り、そうでもなさそうだった。ノアはマホロと視線が合うと、すっと背中を向けて去っていった。その後を、オスカーとテオが追いかける。テオが振り返り、マホロを確認するようにじっと見た。

「あ。もう一人のプラチナ3がいるよ」

ザックがマホロの肩を揺さぶって教えてくれる。少し離れた場所に、一人で食事をしている青年がいた。精悍《せいかん》な顔つきの、金髪に青い目の男性だ。友人らしき男が数人近づいて、何か話し込んでいる。

「あの人は……？」

マホロはザックに首をかしげた。

「あの人はレオン・エインズワース。剣術で一番の成績を修めている剛の人さ。真面目で規則を破る者には容赦ないって噂。ちなみにオスカー・ラザフォード様はイケメンゆえに、超モテる。手が早いから気をつけろって話。でもってノア様とレオン様は仲が悪いらしい。ルールは破りまくるノア様と、ルール順守のレオン様は、それぞれ火と水の魔法を操る一族だから、もともと馴《な》染《じ》まないんだって。ノア様は総合成績一位を、入学した時から維持しているマジもんの天才さ」

情報通のザックは彼らについてよく知っている。ノアは口が悪く不遜な態度をとるが、成績が飛び抜けて優秀なので教師陣も黙認しているらしい。

(ジーク様の情報をどうやって聞こうかなぁ)

マホロは憂鬱《ゆううつ》になった。この学校は月の最後の日曜日にだけ、郵便配達人が来て、外部に手紙が出せることになっている。月末にはサミュエルに状況を知らせなければならない。入学して二週間が過ぎているのに、何の手がかりもない。

マホロは食堂を出るとため息をつき、教科書をとりに自室へ向かった。

5 ジークフリートの影

午後の授業は銃の組み立てとメンテナンス、それから魔法史のおさらいがあった。三時になって授業が終わると、マホロは校舎を見て回ると言ってザックと別れた。

校舎をあちこち歩いているうちに、魔法クラブの前に来てしまう。再開したら、入部希望者が詰めかけるのだろうか。ふと目をずらすと、時計塔のメンテナンス室のドアが目に入る。興味を惹《ひ》かれて関係者以外立ち入り禁止とプレートのあるドアのノブを回す。閉まっていたら諦《あきら》めるつもりだったが、開いてしまったのでつい中に入る。ドアを入ってすぐ小部屋があり、その奥に階段があった。

「わぁ……」

階段を上がって突き当たりにあるドアを開けると、時計塔の内部が視界に広がった。大きな歯車がぐるぐる回り、金属の部品や木製の梁《はり》が縦横無尽に伸びていた。人一人がなんとか歩けるくらい細い幅の梁の上を進むと、時計の裏側にあるスペースに出た。文字盤に描かれたローマ数字を裏から覗き、時計塔の内部をぐるりと見回した。複雑な造りだ。文字盤の真上には大きな真鍮《ちゅう》の鐘がある。いつも盛大に鳴り響いているのはこれだろう。

（なんか、ここ落ち着くなぁ。ここで勉強しよう）

マホロは思い切り伸びをした。

持ってきた教科書を広げ、マホロは座り込むと、授業の復習を始めた。

勉強に没頭していると、ふいに鐘が鳴りだした。マホロはびくっとして教科書を閉じた。いつの間にか、五時になったらしい。この近さだと、頭が痛くなるほど音が大きい。

ローエン士官学校では鐘は一日に四回鳴る。朝の七時と昼の十二時、夕方五時、夜の七時だ。朝七時は学生を起こすため、十二時は昼を告げるため、五時はクラブ活動の終わり、夜七時は寮の門限だ。

鐘の音の大きさに気をとられていると、かすかにドアが開く音が聞こえた。誰か入ってきたのか、靴音がする。

「誰かいるのか？」

声が響いてきて、マホロは慌てて教科書やノートを重ねた。ひょいと入り口近くの柱の陰から、男が姿を見せた。――ノアだ。

「お前か、ハムスター」

ノアは目を見開く。立ち入り禁止なので怒られると思ったが、ノアの表情を見ると怒っている様子はない。

「ここ、俺の秘密の部屋だったんだけどね。テオと離れたい時にこっそり忍び込んでいる。まぁ一匹くらい容認するか。ていうかお前、身軽だな」

ノアが感心して言う。ノアは細い梁をすたすたと歩き、マホロに近づいてくる。

「この梁、落ちたらどうしようとか思わなかったのか？」

マホロの隣に腰を下ろしたノアが、興味深げに聞いてくる。言われてみれば、梁はかなりの高さにあり、落ちたら間違いなく怪我《けが》をする。下手すれば死ぬかもしれない。だがマホロは昔から高いところが好きで、よく木に登って空を飽きずに見ていた。

「慣れているんで」

マホロはその場に正座した。ノアは歯車に目を向けた。その瞳にわずかに優しいものを感じ、マホロは意外に感じた。ノアは歯車が動くのを見るのが好きらしい。

「やっぱ、お前変なんだよな」

ぼそりとノアが呟く。

「は？」

マホロが首をかしげると、ノアは歯車から視線を移動させて、じっと見つめてくる。

「何で俺がここに来たかっていうと……」

ノアに覗き込まれ、マホロは瞬《まばた》きした。至近距離から美しい顔に見つめられ、ドキドキして息を呑む。同性でもこれだけ美しいと、緊張する。ジークフリートも美形だったが、ノアの持つ華やかさはこれまで会った人の中で一番だ。

「……ま、いいか。気のせいかもしれないし」

ノアは言いかけた言葉を濁し、マホロの額を指で突いた。何だったのだろう？

気にはなったが、それよりもジークフリートについて聞くチャンスだと思い、マホロは居住まいを正した。

「あの……ジーク様について聞いてもいいですか？　もちろん、お嫌ならいいですので！」

ノアの機嫌を損ねたくなくて、低姿勢で尋ねた。

「……ジークフリートの何を知りたいんだ？」

ノアは面倒そうに、ちらりとマホロを見る。

「失踪した原因になりそうなことを知りたいです。あとどこへ行ったか分かるような手がかりがあれば……。その、魔法クラブが休部になったのはどうしてですか？」

マホロが声を潜めて言うと、ノアは無言になった。その整った横顔を見つめ、マホロは息を詰めた。

「……召喚魔法」

ぽつりとノアが呟く。

「召喚魔法……？」

初めて聞く言葉だ。おそらく上級魔法だろう。

「ジークフリートは禁じられている召喚魔法を行ったんだ。召喚魔法っていうのは、この世にいない人間や生き物を呼び出す魔法。といっても何でも呼び出せるわけじゃない。それに関係する品物がないと呼び出せない。ジークフリートは魔法に関する知識がすごくて、特に召喚魔法に興味を持っていた。召喚魔法についての本は一切置いてないから、ジークフリートがどうやって術のやり方を知ったのかは不明だ」

マホロは固唾《かたず》を飲んでノアの薄い唇を凝視した。

「何故、召喚魔法は禁じられているんですか？　ジーク様は何を呼び出したんですか？」

不穏な気配を感じて、マホロは自然と声のトーンが下がった。

「禁じられている理由は未熟な術師が人ならざるものを呼び出して、トラブルが多発したせいだ。女王の許可が出た者しか使えない特殊扱いの魔法になっている。ジークフリートは極秘で召喚魔法を研究していた。俺たちクラブ員はあの事件が起きる少し前にそれを知り、ジークフリートに意見した。だが、あの人は制止の声に耳を傾けなかった。一体、何を呼び出そうとしたのか……」

ジークフリートの物憂げな瞳を思い出し、身震いした。ジークフリートには、マホロには想像もつかない一面があった。

「ある時、ジークフリートが寮に戻ってこなかった夜があった。森に入ったらしくて十日ほど帰ってこなかった。あの時は教師陣が一様に張り詰めた様子だったのを覚えている。上級生はジークフリートの捜索を頼まれたらしいが、捜せる範囲にはいなかったそうだ。そして戻ってきたジークフリートは、別人みたいに感情が失くなっていた。あとから、校長にジークフリートが禁じられた召喚魔法を行ったと聞かされ、クラブは活動休止を余儀なくされた。ジークフリートはその後すぐに退学手続きをして学校から消えた。校長や他の教師が必死に止めたけど、強引にやめてしまったんだ」

マホロは思いもしなかった状況を聞かされ、言葉を失った。当時のジークフリートの状況が明らかになったが、謎はますます深まった。ジークフリートが失踪した理由はほぼ間違いなく召喚魔法が原因だろう。

「ひょっとして召喚したものに身体を乗っ取られたとか……？」

マホロは言葉を絞り出した。

「いや、それはない。ジークフリートが退学になる前に少し話したけど、俺のことも分かっていたしね」

マホロの疑問にノアは首を横に振った。だとすればジークフリートはどうして学校を出ていったのだろう。何か気に食わなかったのか、あるいは何かやるべきことがあったのか。

「ジーク様は、誰を……あるいは何を召喚したんですか？」

マホロは困り果てて尋ねた。

「分からない。彼は一人でやっていたから、誰も何も知らない」

ノアはそう言うと、腰を上げた。マホロはもっと情報が欲しくて、ノアの服を摑んだ。

「話せるのはこれだけだ。言っておくけど、これは極秘情報だからな。校長から誰にも話すなと魔法クラブ全員に釘を刺された。この学校でこれ以上調べても、無駄だ。ジークフリートの件は、教師の間でも話題にすることさえご法度《はっと》なんだ」

ノアの発言は衝撃だった。教師の間でもご法度なんて、ジークフリートはそれほどのことをしたのか。ノアは「気分が下がった」と言って、すたすたと去っていった。

ジークフリートは召喚魔法で何かを呼び出し、それが原因でおかしくなった。いや、おかしくなったと思っているのは第三者だけで、ジークフリート自身は納得して学校を去っている。

（ジーク様……）

マホロは悲しくなってきて、膝を抱えた。

ジークフリートが何かの問題を抱えていたというのに、自分にはそれを解消できる術《すべ》がないと思うとつらかった。ジークフリートはマホロなどに頼らないだろうが、それでも力になりたかった。

ジークフリートの凛《りん》とした姿を思い返し、うなだれる。

ノアの情報はマホロを元気づけるものではなかった。今日一日の疲れがどっと出て、時計塔を出ていかねばと思いつつ、その場にごろりと横たわった。

少しだけ眠ろうか。正確な時を刻む針の音を耳にしながら、マホロは目を閉じた。

大きな鐘の音にびっくりして、マホロは跳ね起きた。

辺りが薄暗くて、面食らう。何が起きたか分からなくてきょろきょろすると、文字盤の光が目に入った。鐘の音は七回鳴っている。

（やばい！　こんな場所で寝てた！　門限の時間じゃないか！）

ノアと別れた後、眠りこけてしまったと気づき、マホロは真っ青になった。梁を渡り、急いで小部屋を出る。校舎は真っ暗で、窓から漏れ入る月明かりしかない。

（うー。どじった。夕飯も食べないであんな場所で眠るなんて……）

焦って階段を下り、人目を忍んで校舎を出たところで、すでに門限は破ってしまっているのだと諦めがつき、開き直って走るのはやめた。寮の点呼は九時だから、それまでに戻ればいい。それよりも一食抜く羽目になったことのほうが問題だ。朝まで腹はもつだろうか。

「ん……？」

寮の入り口に向かっていたマホロは、ふと立ち止まった。

湖の方角に青白い火が揺らめいている。

（鬼火？）

目を凝《こ》らして見ると、湖上を、ゆらゆらと青白い炎が動いている。早く寮に戻らなければと思いつつ、揺れ動く炎が気になって仕方ない。

（近くまで……行ってみようか。どうせ叱られるのだし）

好奇心を抑えきれず、マホロは暗闇の中、湖に足を向けた。もう少しだけ近くで。そんな軽い気持ちで茂みをかき分けていく。月明かりだけで暗くてよく見えないが、湖のほとりに誰か立っているようだった。

（ジーク様!?）

遠目に肩までかかる黒髪が見えて、マホロは目を擦った。まさか、と思いつつ、湖に向かって走りだす。二、三分くらい走った時だろうか、視《み》えない壁に行く手を阻まれて、後ろに引っくり返った。マホロは呆然として立ち上がり、そっと手を伸ばした。目の前に、壁がある。目には視えないのに、確かに障害がある。

「開け！　開け！」

思わず視えない壁を無茶苦茶に叩いた。とたんに、何かが割れるような音がして、障害が消えた。

(何だ、これ――)

マホロは戸惑いながら、足を踏み出した。先ほどまであった壁がすっかり消えて、湖に近づける。意気揚々と走りだしたマホロは、夜の闇を切り裂くような鳥の甲高い鳴き声に、立ち止まる。

『侵入者、発見。侵入者、発見。警戒セヨ、警戒セヨ』

真上を旋回する長い尾を持つ鳥が、抑揚のない声で叫びだす。マホロは、どっと冷や汗を流した。もしかして、侵入者というのは、自分――。

(そういえば湖って入っちゃ駄目だったんじゃ？)

遅まきながら思い出し、マホロは湖を見た。ジークフリートがいるなら、今すぐ駆けだすつもりだったが、先ほどの場所にはもう誰もいない。

「そこにいるのは誰⁉」

背後から鋭い声で射すくめられ、マホロはおろおろした。逃げたかったが、先に腕を掴まれて、仕方なく顔を上げた。

「まぁ……あなた、マホロ・ボールドウィンね」

マホロの腕を掴んでいたのは、若い女性だった。黒くうねった長い髪を垂らした、二十代後半くらいの目尻にほくろのある色っぽい女性だ。白衣を着ていて、マホロを知っているようだった。

「あの、あの、すみません。俺、俺……よく分からなくて」

女性が教員らしいと知って、マホロはしどろもどろで謝った。

「結界を解いてしまったのよ。でもあなたなら仕方ないわ。私はマリーよ。マリー・エルガー。こっちへ来なさい」

マリーはマホロの手を引きながら、微笑む。頭ごなしに怒られると思っていたので、優しそうな態度にホッとした。それにしても結界……？

「あの、俺のこと……？」

マリーはマホロを知っているらしいが、マホロは彼女に見覚えがない。

「新入生の顔は全員覚えているの。私はカウンセラーをしているのよ。あなたはまだ来たことがなかったわね」

マリーは鈴を転がすような声で答える。そういえば、ザックが医務室にいるカウンセラーが色っぽいと話していた気がする。大人しく歩いていると、寮のほうから駆けてくる男と犬がいる。

「警報を鳴らしたのはお前か！」

金髪の男、レオンだった。その隣を並走しているのは、ドーベルマンだ。しなやかな黒い身体つきに、精悍《せいかん》な面構えの犬で、マホロの顔を見るなり、噛みつかんばかりの勢いで吼《ほ》えてくる。

「ひえっ、す、すみません！」

恐ろしくて、腰が抜けそうになった。

「新入生だな⁉　何をしていたか述べよ！」

激しい勢いで責められ、マホロは涙目になった。この人と犬、すっごい怖い。

「ちょっと道を間違えただけなのよ。エインズワース、新入生が怯《おび》えているわ。使い魔を大人しくさせてちょうだい」

マホロの頭を抱き寄せ、マリーが咎《とが》めるような視線をレオンに向ける。レオンはそこで初めてマリーに気づいたらしく、何故かたじろいだ。レオンは足元で吼えているドーベルマンを指先一つで黙らせる。

三年生になると、それぞれ使い魔を持つ。使い魔は鳥や猫、鼠《ねずみ》や鼬《いたち》とあらゆる動物を使役できるが、ローエン士官学校で契約する使い魔は基本的に犬で、それぞれの性質に合った犬と組む。校長曰く、犬は主に忠実だからだそうだ。一見ふつうのドーベルマンに見えるが、使い魔なのでただのドーベルマンではない。探索したり、闘ったり、主の命令を忠実に実行する。ただし、契約相手の魔力を吸い取って動くため、常時呼び出している人は少ない。

「おーい、いたのか？」

カンテラの明かりと共に、オスカーとノアが駆け寄ってくる。オスカーの隣には、茶色い毛並みに優しそうな目のゴールデンレトリバーが、ノアの隣には恐ろしいことに猛犬と名高いピットブルがいた。ピットブルは引き締まった筋肉に、発達した顎《あご》を持ち、人一人簡単に嚙み殺せる猛獣だ。しかも、美犬とはほど遠い顔つきで、麗人と称されるノアが連れているのは驚きだった。二人ともマホロたちを見て、何事かと訝《いぶか》しむ。

「す、すみません。何か湖の上に見えて……すみません」

マホロは集まった上級生に頭を下げた。

「ええー。君ってば、門限破りの上に、立ち入り禁止の場所にまで入ろうとしたの？　大人しそうな顔してやるね」

オスカーは口笛を吹く。

「湖の上に何が見えたって……？」

一方、ノアは鋭い視線をマホロに注ぎ、答えるまで許さないという態度で威圧してきた。

「皆、新入生なのよ。怖がっているわ。何も見てないわよね、この暗さですもの」

マリーが励ますようにマホロの背中を撫でる。ジークフリートらしき人が見えたとか、青白い炎が見えたとか言おうものなら、馬鹿にされるに決まっている。マホロは神妙に頷き、こわごわレオンを見上げた。

「貴様、名前は」

レオンに詰問され、マホロは背筋を伸ばして名前とクラスを告げた。

「レオン、そう怖い顔するなって。マホロ、こいつ堅物だから、門限破りには厳しいんだ」

オスカーが笑ってレオンの肩を抱く。レオンはますます険しい形相で腕を組み、マホロを見下ろした。

「申し訳ありませんでした！　反省してます！」

マホロは九十度に腰を曲げ、心から反省しているという態度で謝った。レオンがようやく態度を軟化させる。

「それにしても先生、ずいぶん早く見つけたんですね」

ぼそりとレオンが呟き、マリーに挑むような視線を向ける。言われてみれば、マリーはまるで近くにいたみたいにすぐ現れた。

（あれ……？　湖にいた人って、もしかしてマリー先生……？）

マリーの髪色なら、遠目からジークフリートと間違えてもおかしくない。ではあの時見かけたのはマリーだったのだろうか。

「私はたまたまこの近くを歩いていたの。校長の使い魔が上空で叫んでたから、駆けつけたのよ」

マリーはレオンの疑惑の眼差しに動じた様子もなく、微笑んでいる。

その時だ。けたたましく吼える犬の鳴き声が遠くから聞こえてきた。黒の引き締まった身体のロットワイラーが、群れを作ってまっすぐこちらへ向かってくる。マホロがたじろぐと、ノアがかばうように前に立った。

「校長の使い魔たちだ。侵入者を探しに来たんだろう」

ノアの背中越しに集団で駆けてくる犬を見る。すると犬の後ろから、白髪《はくはつ》の女性が箒《ほうき》に跨《また》がって飛んでくる。暗闇の中をすごい勢いでやってきて、マホロたちの前に軽やかに降り立った。

「状況の報告を」

校長がマホロたちを見回して言う。

「マホロ・ボールドウィンが間違えて立ち入り禁止区に入ってしまったんです」

マリーが微笑みを浮かべて答える。校長がじっとマホロの瞳を覗き込んできた。

「なるほど。マホロ君、立ち入り禁止区に入ったのも問題だが、門限も破っているよ。そっちのほうはどうして？」

校長が首をかしげる。

「す、すみません。時計塔の近くで寝ちゃってて……」

マホロがうつむいてぼそぼそと答えると、隣にいたノアが噴き出して笑い始めた。レオンは呆れたように顔を引《ひ》き攣《つ》らせ、オスカーは目を丸くしている。寮の点呼までに戻ればいいと思っていたのだが、門限を破っているのがばれている。空を飛べるような校長だ。想像もつかないような魔法を使えるのだろう。

「授業についていくのが大変？」

校長は馬鹿にするでもなく、淡々と聞く。マホロは答えられなくて、顔を赤くした。ついていけないと正直に言ったら、退学になるのではないかと心配になったのだ。

「マホロ君。私は寛大だから、一度目の失敗は許すよ。今回の罰は反省文三枚ね。できたら校長室に持ってきなさい。レオンたちもご苦労様。マホロ君を寮に送り届けたら、解散していいよ。兵士には問題ないと連絡を入れる」

校長は唸《うな》り声《ごえ》を上げている犬たちに、指笛を吹いた。とたんに険しかった犬の表情が和らぎ、いっせいに背中を向けて去っていく。周辺を警備している兵士たちにも連絡がいっていたらしい。島についた時の厳重な警備を思い出して、マホロはぞくっとした。

「すみません、ありがとうございます」

マホロは何度も頭を下げて謝った。マリーと校長に礼を言い、マホロはノアたちに連れられて寮への道を辿った。よかった、退学と言われなくて。

校長はマリーと何か話し込んで、単身箒に跨り湖のほうへ飛び立った。

「――お前、湖に何が見えたんだ？　マリー先生と何か関係あるのか？」

カンテラの明かりを頼りに歩いていると、気になったそぶりで再びノアに聞かれた。レオンの厳格さも恐ろしいが、ノアの鋭い瞳も別の意味で恐ろしい。

「いえ、何でも……たいしたことじゃ……」

マホロはもごもごと口ごもり、助けを求めるようにオスカーに目を向けた。

「はきはき答えろ」

レオンに厳しく言われ、マホロはいたたまれなくなった。

「す、すみません、すみません……何もないです！」

マホロは数歩後退して、ひたすら謝った。オスカーが苦笑してレオンの肩を抱き、マホロから遠ざけてくれる。

「こらこら、一年生を苛めるなって。可哀想だろー？　お前、こんな小さい子にいちゃもんつけるとか、どういう神経回路してんの？　いじめにしか見えないよ？」

「指導しているんだ」

レオンがじろりとマホロを睨《にら》む。

「こいつは俺が送るから、二人は先に部屋に戻ってくれ」

ノアに背中を押され、マホロは溜めていた息を吐き出すと歩きだした。不満げなレオンをオスカーがA棟の寮に引っ張っていく。

マホロは暗い道をノアと前後になって歩いた。

「……あんな狭い場所で寝こけるとか、お前、どうなってんだ？」

二人きりになったとたん、おかしそうにノアが尋ねてくる。マホロは面目なくてうつむいた。

「レオンの奴が絡んできたが、気にするなよ。あいつ、規則破るとうるさいんだ」

ノアが後ろを振り返りつつ、言う。もしかして慰められているんだろうか？　反省文を書かされる羽目になって落ち込んでいたが、少し浮上した。

「大丈夫です……。今日は迷惑をかけてしまってごめんなさい」

C棟とD棟の間にある寮の出入り口を潜り、２０３号室の前までノアに送ってもらうと、改めて頭を下げた。ノアは何か言いたげな顔をして、去っていった。

ため息まじりにドアを開けると、中にいたザックが飛びついてきた。

「マホロ！　もう、どこ行ってたんだよ！　こんな早くに門限破るなんて、マジヤバいってぇ！　外じゃ警報が鳴ってたし、僕、心配で心配で……っ」

ザックが涙目でしがみついてくる。心配をかけたのを詫《わ》びて、マホロは肩を落とした。こんなことなら、鐘が鳴った時点で猛ダッシュして寮に戻るべきだった。

事情を聞きたがるザックには悪かったが、精神的疲労がすごかったので、二段ベッドの下のベッドに早々に潜り込んだ。夕食抜きになったが、食欲はそれほどない。今はとにかく頭を休めたくて、毛布を被った。

点呼前なのにどうして門限を破ったのがばれたのか疑問だったが、翌日理由が分かった。ザックの情報によると、寮の入り口にいるフクロウが、学生全員が戻ってきているか確認しているらしい。あのフクロウはふつうのフクロウではなく、魔法科のジョージ先生の使い魔だそうだ。門限を破るとまずプラチナ3に連絡がいき、彼らが門限破りを捕まえる役目を負う。特権を与えられている分、仕事も割り振られているらしい。

(反省文なんて……問題児みたい)

マホロが門限を破ったのはあっという間に知れ渡って、同じクラスのジャックなどは「大人しそうな顔してやるじゃん」とマホロの背中を叩いてきた。

反省文を書くなんて生まれて初めてだったので、なかなか進まなかった。授業の合間も少しずつ書き足して、もう二度としませんというような文章を延々書き続ける。期限は特に言われていなかったので、三日かけて反省文三枚を書き上げた。

「どうぞ」

昼休みに校長室をノックすると、明るい声が戻ってくる。失礼しますと言って中に入り、マホロは机に向かっている校長に反省文を差し出した。校長の髪の色は、今日は紫色だ。校長室は日差しがたっぷり入る明るい部屋で、壁際には観葉植物がずらりと並んでいる。大きな机の上には書類やファイルが山積みだ。あの時見た箒は見当たらず、魔法っぽい怪しい小道具も一切ない。

「できたかい。はいはい」

校長は反省文を受け取って、ざっと目を通す。そして灰皿の上で反省文を焼き払った。黄色い炎が上がって、マホロはびっくりした。

「炎が黄色い。本当に反省しているようだね」

校長がにこりと笑って言う。炎の色で反省しているかどうかが分かるらしい。

「マホロ・ボールドウィン。魔法以外はあまり得意じゃないみたいだね」

灰皿でくすぶる炎に目を奪われていたマホロは、首をすくめた。

「魔法だって使ったことがないので、得意かどうか……」

消沈してマホロが言うと、校長が瞠目《どうもく》する。

「そうか、使ったことがないんだ。だからあの時、変な顔をしていたんだね？　入学試験で石を握った時、何も視えてなかった？　あの魔力量なら、視える目も持っているかと思ったんだが……本当に魔法に関しては素人《しろうと》なんだね？」

静かな口調で尋ねられ、マホロは困惑して頷いた。

「魔法回路を持つ者が魔法石を握ると、スピリットと呼ばれる精霊が集まってくるんだよ。君が石を握った時、ものすごい数の精霊が集まってきた。あの壮観な図が視えなかったとはもったいない」

校長がうっとりした顔つきで教えてくれる。そんな光景が広がっていたとは知らなかった。

「ああ、視えないからといって落ち込む必要はないよ。視えない人がほとんどさ。魔法の力はともかく、他の授業では本当に落ちこぼれみたいだね。まぁバランスって奴だろう。何でもできるとノアみたいに厄介な生徒になるし。ただもう少しがんばってくれないと、冬季休暇に補習を受ける羽目になるよ」

ショックを受けるような内容をさらりと言われ、ずーんと落ち込んだ。冬季休暇くらいは休みたい。

「ところでねぇ、君……本当にボールドウィン家の血筋なの？」

ふとシリアスな口調で質問され、マホロは戸惑って首をかしげた。

「物心ついた時にはもう両親がいなかったのでよく分かりませんけど……、サミュエル様が引き取って下さって」

もしかして五名家の出身を疑われているのだろうかと気になり、マホロは小声になった。自分でもそぐわないと思っているし、実際、一族の集まりに連れていかれたことは一度もない。

「フーン……。そうか。いや、これはまだ私の小さな疑惑なんだけどね。君の傍には土の精霊以外の精霊も集まってきているんだよ。君はもしかしたら――。いや、口に出すのは憚《はばか》られる。やっぱり確信を得てからにしよう」

校長は言葉を濁して、ウインクした。気になるところで続きは次号を待て、みたいに言われて、がくっとした。

「でもさすがに結界を壊されたのはびっくりしたなぁ。けっこう強力なものを張ったつもりだったんだけど」

椅子の背を鳴らして、校長が笑う。マホロはぽかんとして、校長を見返した。

「ああ、気づいてなかったの？　君、昨日湖の結界を壊しただろ。呪文はまだ教えてないから知らないよね？　どうやった？」

興味津々といったそぶりで聞かれ、マホロはあの夜の状況を思い出した。すっかり忘れていたが、そういえば視えない壁があった。

「あの……開けって言って叩いたら、壊れた……と、思います」

たどたどしく答えると、校長が一瞬言葉を失い、天を仰いだ。

「そうかー。これは危険人物が入ってきたもんだなぁ。ねぇ、マホロ」

校長が椅子から立ち上がり、にこにこしてマホロに近寄ってくる。校長は胸元が大きく開いたTシャツに、脚がはっきり見えるショートパンツを穿《は》いている。およそ校長らしからぬ格好だ。並ぶと校長のほうがマホロよりずっと、背が高い。

「君って石の精霊かなんかなの？」

目の前に立った校長に真顔で聞かれ、マホロは「は？」と聞き返した。言っている意味が分からない。

「なんて、そんなわけないか。でも不思議だなぁ。君から魔法石を感じるんだよねぇ」

じろじろとマホロを眺め、校長が唸る。

「魔法……石」

そういえばノアも似たようなことを言っていた。

「ま、そのうち分かるだろ。さ、もう行っていいよ。頼むから、結界は壊さないでくれ。あの後、徹夜で張り直す羽目になったんだから」

肩をコキコキ鳴らすと、追い払うように校長が手を振る。校長室にいつまでもいるのはマホロもごめんだったが、どうしても聞きたいことがあって、神妙に切り出した。

「あの……校長。どうしていつも髪の色が違うんですか？」

日によって髪の色が変わるのはどうしてだろう。そんなマホロの素朴な疑問に「魔法で色を変えているから」と単純な答えが返ってきた。

「何もしないと白いよ。私がいくつに見える？」

校長に面白そうに聞かれ、マホロは真剣に悩んだ。

「二十九歳くらいに見えます」

三十代かもしれないと思ったが、念のため少し若く見積もって答えた。校長が弾けたように笑う。

「残念。私は今年七十歳。まごうかたなきおばあちゃんだ。若く見えるだろ？　秘密の魔法を使っている」

マホロは驚愕《きょうがく》した。こんなに若く見えるのに、まやかしなのか。考えてみればそのくらいの年齢でなければ校長など務まらないかもしれないけれど。

「そうなんですか……。俺も真っ白だから、同じかもって思ったんですけど」

自分が子どもの頃から髪が白かった理由が分かるかもと期待したが、見当違いだったらしい。とはいえ魔法で髪の色を変えられると知り、希望が生まれた。髪を染めるのは大変なのだ。

「へぇー。君、本当は白髪《はくはつ》なのか……もしかしてホントに……」

校長が何かに心を囚われたようにマホロをじろじろ眺め、呟く。その後は他愛もない話をして、マホロは部屋を出た。校長が穏やかな雰囲気に感じるのは、実年齢が高いせいかもしれない。

廊下を足早に歩いていると、廊下の先にノアがいる。声をかけようかどうしようか悩んだが、階下から名前を呼ばれて階段を下りていった。遠目ではっきりとは分からなかったが、ノアがムッとしていたような……。

「マホロ君」

マホロを呼んでいたのはマリーだった。白衣の下に水色のワンピースを着ていて、すらりと伸びた脚が綺麗だ。

「校長室に行っていたの？　無罪放免になった？」

マリーは色っぽい赤い唇を吊り上げて微笑み、マホロと並ぶ。

「はい。ご迷惑をおかけして申し訳ありません」

マホロが一礼して去ろうとすると、マリーの手がするりとマホロの腕に絡む。豊満な胸が押しつけられ、マホロはあたふたした。

「よかったら、カウンセリングルームにいらっしゃい。事件を起こした後ですもの。あなたにはカウンセリングが必要だわ」

マリーに微笑まれ、マホロは強引に廊下を引きずられた。カウンセリングなど必要ないと思ったが、意外に力が強くて振り解けない。仕方なく北棟の一階にあるカウンセリングルームについていった。白を基調としたカウンセリングルームには、小さなシンクと大きな棚、ゆったりしたソファと猫脚のテーブルが置かれている。患者を和ませるためか、テーブルには花が飾られていた。

「心配しないで。私は味方よ」

マホロをソファに座らせると、マリーがハーブティーを淹《い》れて囁《ささや》いた。

「あなたの保護者はボールドウィン家の当主のサミュエルね。サミュエルとは知らない仲ではないわ。あなたのことも、よろしく頼むと言われているの」

マリーは向かいにもソファがあるにも拘《かかわ》らず、マホロの隣に腰を下ろす。ぴったりと寄り添われ、マホロはどぎまぎしてこころもち身体をずらした。サミュエルの知り合いなら、ジークフリートについても知っているだろうか。話題にするのはご法度らしいが、サミュエルの知り合いなら構わないだろう。

「あの、以前……ジークフリート様が在籍していたと思うんですが……」

マホロがハーブティーを口にしながら聞くと、マリーの目尻が下がる。

「ええ、もちろん、知っているわ。残念ながら退学してしまったけれど……それは優秀な学生だったのよ。学力も魔力もずば抜けていたわ」

マホロは目を輝かせて、前のめりになった。さすがジーク様だと嬉しくなる。エリートの中にいてもトップを走れる人なのだ。

「ジークフリートは図書館がお気に入りだったわね。哲学書を好んでいたようよ。あそこには開かずの間があるなんて噂もあるのよ。そこには高度な魔法書があって、召喚魔法はそこで覚えたのかもしれないわ」

マリーは何かを思い出すように天井を見上げて言う。

「あら、ごめんなさい。召喚魔法は禁止されていたんだわ。興味を持たないでね。私の話は忘れて」

マホロの手を握り、マリーが微笑む。ジークフリートは図書館の開かずの間を見つけ、そこで禁じられた魔法を得たのか。そうと分かれば、図書館に通うしかない。

「お話、ありがとうございます」

マホロはそわそわしながらハーブティーを飲み干した。悩みがないかと聞かれるかと思ったが、マリーはマホロが腰を上げるとあっさり帰してくれる。

(艶《なまめ》かしいっていうか……目に毒な先生だなぁ……。女っ気の少ないここで、襲われたりしない

んだろうか）

　カウンセリングルームを後にして、マホロはうなじを掻いた。急がなければ、授業が始まる時間になる。廊下を足早に進みつつ、放課後は図書館に行こうと決めた。

6 開かずの間

月末にはサミュエル宛に報告書を送った。十月に入り、ここでの生活にも慣れてきて、余裕も出てきたとはいえ、マホロは忙しい日々を送っていた。相変わらず剣術や体術のクラスでは腑《ふ》甲《が》斐《い》ない成績しか残せず、銃の組み立てに至っては遅すぎて、百回は死んでいると言われた。射撃に関しても不得手だし、武器に関係するものは持っただけでうんざりする。

「マホロ！　恐れずに打ち込め！」

雨が降った日、トレーニングルームで講師のアンドレからいつものように怒鳴られた。その日の剣術の授業も組み合った相手の剣を防戦するだけで精一杯だった。どうして皆がためらいもなく相手に剣を振るえるのか分からない。怪我《けが》をさせてしまったら、と心配にならないのだろうか。

「よし、今日はここまで。マホロは居残りだ」

アンドレに居残りを宣言され、マホロはがっくりして肩を落とした。やっと今日の授業が終わったと思ったのに、居残りを命じられるとは。

「お前なぁ。もう少し覇気を持て。腰も足も、逃げてるぞ。身軽だからか避けるのは上手いんだけどなぁ」

アンドレが呆れて言う。まったくその通りだ。小さい頃から他人に拳《こぶし》を振るったり、暴力的な行為が苦手で、そういう状況になると逃げ回ってばかりいた。きっと士官学校なんて、この世で一番向いていない。

「十二月には、模擬試合があって、そこで一勝はしないと追加補習だぞ? まだ先だと思ってても、あっという間だからな」

命じられた素振りをこなしていると、アンドレがしみじみとした調子で言ってきた。十二月には定期テストがある。剣術の授業では、模擬試合があるのか。マホロは今から落ち込んできて、腕の振りも遅くなった。今のままだと、間違いなく冬季休暇はない。

「がんばってるのは分かるんだがなぁ」

アンドレに励ますように頭をぽんぽんと撫でられて、マホロは顔を引《ひ》き攣《つ》らせた。とうとう講師にまで子ども扱いされてしまった。ハッとしたようにアンドレが手を引っ込める。

「すまん、お前はどうも子どもっぽいというか……。何だか頼りなく見えてな。十八歳の男にとる態度じゃなかったな」

アンドレは笑ってごまかしている。二重に落ち込んで、マホロは素振りを終えるとトレーニングルームを出た。

腕時計を見ると、四時だ。残り一時間、図書館で過ごそう。

マホロはトレーニングウェアのまま、校舎に向かって左側に建っている図書館へ足を向けた。

図書館はドーム型の建物が三つ渡り廊下で繋がっている。一般書物と、魔法書関係、一番奥の建物に持ち出し禁止書物が収蔵されている。

マホロは持ち出し禁止書物の収蔵されている建物に入った。中は広々として、白いテーブルと椅子が並んでいる。カウンターには司書がいて、必要な書名を伝えると、奥から持ってきてくれる。

ジークフリートは図書館がお気に入りだったとマリーに聞いてから、あちこち見て回っているが、ジークフリートの痕跡は何も見つけられなかった。カウンターの奥の司書室にはファイルの並んだ棚があって、誰がどんな本を借りたか調べられるのだが、むろん学生は立ち入り禁止だ。

「まぁマホロ君」

何度か顔を出しているので、司書の老婦人はマホロの顔を見ると、にっこりと微笑む。銀縁眼鏡をかけた白髪《しらが》の老婦人だ。学生からはアンおばあちゃんと呼ばれている。

マホロはアンに哲学書を読みたいと申し出た。何故か哲学書はすべて持ち出し禁止書物になっているため、ここでしか読むことができないので、少しずつ読み進めていた。ジークフリートが好んだという哲学者が誰か分からないから、有名なものから読んでいる。ジークフリートがどんな思考をしているか知りたかった。

「はいどうぞ。まだかかりそうね」

アンはマホロが挟んでいる栞《しおり》を見て、楽しそうに笑う。

「あの、聞いていいですか？　何で哲学書は持ち出し禁止なんですか？　俺以外に、この本を読んでいる人います？」

アンから本を受け取り、マホロは何げない様子で尋ねた。

「哲学書は高価な上に、現存する冊数が少ないのよ。貴重な本だから大事に扱ってね。そういえばその本、今はもう学校をやめちゃった学生さんが好んで読んでいたわね」

アンにこっそりと教えられ、マホロは興奮した。学校をやめた学生とは、ジークフリートのことではないだろうか。マホロはいつも使っている窓際の一番端にあるテーブルに本を置いて、椅子を引いた。持ち出し禁止書物の建物は人気《ひとけ》がなく、今日もマホロの姿しかない。

静かにページをめくり、読み進めていると、扉が開く音がした。

足音が近づいてきて、ふっと顔を上げる。マホロはどきりとして、固まった。目の前に、制服姿のノアがいた。

「こんにちは……？」

他に言いようがなくて、マホロは戸惑いつつ口にした。

「お前、哲学なんて読んでるのか？　それ読んでて意味分かんの？」

マホロが閉じた本をちらりと見て、ノアが言う。

「ぜんぜん分かりません……」

「だろうな。哲学が好きそうな輩《やから》に見えないしな」

ノアに鼻で笑われる。頭が悪そうだという意味だろうか……？

「質問。善き人間とはどういう者か？」

突然そう投げかけられて、マホロは面食らった。善き人間……？

「えっと……、嘘を吐《つ》かない人、とか？」

とっさに考えた答えを言うと、ノアが皮肉げに笑う。

「あるところに老婆がいたとする。老婆の娘は不治の病で、余命半年と言われた。老婆は娘に真実を明かしたら悲しむと思って、必ず治る病気だと告げた。老婆は悪い人間か？」

マホロはうぐぐと言葉に詰まった。

「いい人……です。じゃ、じゃあ悪いことをしない人間、とか」

マホロが思いついたように言うと、ノアが馬鹿にした笑いを浮かべる。

「悪いこと、とは具体的にどういうことだ？　善悪は物の見方、立場で変わってしまう。戦争で大量殺人を犯した者は敵国では重罪人だが、自国では英雄だぞ」

「それは……そう、か……」

ノアに言葉で言い負かされて、マホロは頭を抱えた。このまま降参するのは癪《しゃく》に障《さわ》るから、何か言い返したいが、これといったいい答えが出てこない。善い人間とはどういう人を指すのだろう。あれこれ思いついても、ノアに論破されそうで、答えに窮《きゅう》した。自分にとっていい人は、誰かにとって悪い人になるかもしれない。

「うーん、うーん……」

悩みまくっていると、ノアが感心したように笑った。

「お前、真面目だね。キレもせず、悩み続けている姿は好感が持てる。そうやってありもしない真理を追い求める姿勢こそが哲学だよ。考えることが重要だ。書物を読んだって、腹の足しにもならないさ。ところで……どう考えてもお前、変なんだよなぁ。いや、俺が変なのか……？」

　しげしげとマホロを見つめ、ノアが言う。マホロに会うたび変だ、変だ、と言うのは何故なんだろう。

「俺は直感を大事にしている」

　ノアはブルネットの髪を肩から垂らして、マホロが本を置いているテーブルに腰を下ろしてきた。はぁ、とマホロは目の前に座ったノアを見上げた。

「実験してたんだよ、ここのところ。気になるほうに歩いていくと、必ずお前がいる。お前、何なの？」

　ノアは顔を突き出して、目を細める。何なの、はマホロが言いたい。

「本当に——魔法石、隠し持ってない？」

　鋭い声音で詰問され、マホロは面食らった。

「だから持ってないです……。杖もないですし」

　魔法科の授業は相変わらず基礎知識ばかりで、杖すら支給されていないのだ。魔法石は杖に嵌《は》め込《こ》んで使うということは知っている。

「それくらい当然知っている。だから変だって言ってるんだろ。あのな、入学式の時……俺は魔法石が近くにあるのを感じた。そう、お前から」

　顔を近づけて言われ、入学式の際に連れ出されたのを思い出した。そういえば校長もマホロから魔法石を感じると言っていた。どういうことだろう？

「といわれても……黒い石なんて持ってないです」

試験の際に使った黒い魔法石を思い返しながら、マホロは困惑した。

「感じるのは黒じゃない。俺が持ってる青でもない。何だかいろんなものが混在したような感じだ」

ノアが右手を差し出して言う。ノアの長い中指に、青色に輝く石の指輪が光っていた。これは魔法石なのか。黒い魔法石以外を見るのは初めてで、興味が湧いて覗き込んだ。宝石のように光っている。杖以外にも、魔法石は身につけられると知った。

「成績優秀者のみに与えられる守護の指輪だ。俺はセント・ジョーンズ家の人間だから、もともと火魔法は使える。だから、水の能力を高める青い魔法石にしてもらったんだ。火と水があれば、多くの複合魔法が可能になるしね。何か入り交じったような感覚を、俺はお前から感じる。お前が近くにいると胸がざわざわして落ち着かないんだよね」

ノアはマホロの手から本を奪いとり、机から下りた。

「お前、今からどこかに隠れろ。十五分経ったら、俺が捜しだす」

突然訳の分からない提案をされ、マホロは目を点にした。

「は？　あの……」

「行け。今すぐ、行け。この島の中なら、どこでもいいから」

本を勝手に司書に返され、有無を言わせぬ迫力で促される。マホロは渋々と腰を上げた。何だか分からないが、ノアとかくれんぼをしなければならなくなった。時計を見ると、もう四時半だ。

貴重な時間が……。

（横暴な先輩だなぁ）

多少の不満はあったが、ジークフリートと長くいたので、命じられると従ってしまう下っ端根性が身に染みついている。マホロは図書館を出ると、駆け足で中庭を横切った。

（ホントに見つかるのかなぁ？　絶対に見つからない場所に隠れてやろっと）

図書館から演習場のある森に向かい、深い茂みの奥に身を潜めた。森は広い。さすがにここは見つからないだろうと、時計を見ながら身を小さくする。

（十五分経ったな……。そろそろ寮に帰らなきゃ）

どうせ見つかるはずがないと高をくくり、マホロは腕時計を確認した。

足音が聞こえたのは、五分ほど経った時だ。まさか、と思った瞬間、すごい勢いで茂みをかき分けられた。

「見ろ！　やっぱり分かる！」

興奮したノアに迫られて、マホロは目を剝いて「えーっ⁉」と叫んだ。絶対にノアの気のせいだと思っていたのに、本当に見つけられるなんて。こっそり見ていたのではないかと疑惑を抱いたが、ここに来るまで身を隠しながら移動した。

「あのな、俺、他人がこんなに気になったの初めて」

茂みからマホロを引っ張り出し、ノアが両手で頰を挟んでくる。

「俺、お前が好きなんじゃないか？」

突拍子もない言葉が飛び出して、マホロは絶句した。好き？　意味不明だ。どこにいてもマホロが分かるのはなんとか理解するとしても、好きは理解不能だ。

「そ、それこそ気のせい……では？」

ノアの顔が近づいてきて、マホロは真っ赤になって、焦って声が裏返った。綺麗な青い瞳がマホロを見つめる。ノアは本当に綺麗だ。多くの学生を魅了するのがよく分かる。

「そうかもな。でもだからこそ、お前の中身が知りたい。今夜、俺の部屋に来いよ」

ノアの指で唇をなぞられ、マホロはびっくりして後ろに身体をずらした。これはいわゆる夜のお誘いというものか。びっくりしすぎて、腰が抜けそうになった。マホロはその手の話にうとく、女性とも経験がない。そもそも恋愛経験自体がない。予想もしていなかった誘いに、反射的に顔が熱くなる。この綺麗な男は、中身が知りたいというだけの理由で自分と性行為をしたいと言っているのか。マホロは頭が真っ白になった。

「お、俺、男ですけど……？」

根本的なところが分かっていないのかもと、マホロは後ずさりして言った。

「見れば分かる。安心しろ、俺も男は初めてだ。この顔だから、寄ってくる男は五万といるんだが。まぁ確かに俺もお前のようなとろくさいちびに惹《ひ》かれるとは思っていなかった。だが俺の直感は、お前だって言ってる。お前を手に入れろって」

マホロが後ろに下がれば下がるほど、ノアは迫ってきて、二の腕を摑まれる。

「でもあの、俺、は……先輩を、別に好きなわけでは……」

ノアの迫力に押されて丸め込まれそうだと怖くなり、マホロは思い切って口にした。

「ジーク様の情報をもらえて感謝はしてますが、それとこれとは話が別と申しますか……」

必死になって言い訳していると、ふーっとノアが重く息を吐き出す。

「マホロ」

ノアのしなやかな手がマホロの耳をふさぐように包み込む。額がくっついてきて、完璧に整った美しい顔がじっと覗き込んでくる。

「俺の目を見ろ」

青く透き通った瞳がマホロを捉え、いつもお前呼ばわりしているのに、名前を呼ばれた。視線を逸らすのを許さない。

「こんなに美しくて何もかも完璧な俺がお前を欲しいって言ってるんだぞ。首を縦に振る以外、何があるって言うんだ？」

硬直しているマホロを洗脳するように、ノアがうっとりする美声で囁《ささや》いてくる。このまま自分はノアに食われてしまうのだろうかと思った瞬間、ノアの背後に人影が現れた。

「おい」

不機嫌そうに声をかけてきたのは、レオンだった。レオンは制服姿で、眉根を寄せてノアとマホロを睨《にら》んでいる。ノアは動じたそぶりもなく、顔だけ後ろに向けた。

「もう五時になるぞ。また規則を破るつもりか。それに不穏な発言も聞こえてきた」

レオンは演習場に走っていくマホロを見かけ、気になって捜しに来たらしい。マホロは助かったと、ノアの手から逃れた。

ノアは鼻を鳴らしてレオンに身体を向けた。

「俺が下級生を口説いているのが何か問題か？　性行為は同意なら別に禁じられてないだろ。もちろん人目につく場所でするのはマナー違反だけど、俺は幸いプラチナルームだ。誰を連れ込もうと、文句を言われる筋合いはない」

ノアはくるりと向き直り、レオンに平然と主張する。レオンはわずかに怯《ひる》んだようにマホロを窺《うかが》った。マホロが真っ赤になって首を横に振ると、顔を顰《しか》めた。

「寮に戻れ」

レオンはマホロに顎《あご》をしゃくる。今のうちに行け、という合図だろう。ちょうど時計塔の鐘が鳴り、マホロは一目散で二人の傍を離れた。ノアとレオンは何か言い争っている。気にしてはいけないと急いで寮に戻り、自分の部屋に飛び込んだ。

「マホロ、どしたん？　えらく赤い顔しちゃって」

机に向かって勉強していたザックが、目を丸くする。マホロは赤くなった頬をごしごしと擦り、何でもないと呟いた。

レオンが来てくれなかったら、どうなっていただろう。まさかノアからあんな誘いを受けるなんて。どういうつもりなのだろう？　からかっていただけなのか、それとも本気なのか。

（ノ、ノア先輩、男も平気なんだ……）

着替えながら、赤くなったり青くなったりを繰り返した。五名家の貴族から夜の誘いを受けるなんて、現実とは思えなかった。どこからどう見てもマホロは男なのに、ノアはそういうのは気にしない人間なのか。あるいは逆に男だから、適当に遊ぼうと思った?

(もし今度迫られたら、はっきり断らなきゃ。うう。あの綺麗な顔で見つめられるの苦手だ。魔法クラブに入りづらくなっちゃったなぁ)

つい先日、魔法クラブの再開が告知された。ノアの誘いは衝撃的で、マホロはその日はずっと落ち着かない気分で過ごした。


週末が来て、マホロはミサの後は部屋にこもってレポートにかかりきりになった。日曜日はミサが終わると自由時間になるので、この時ばかりはそれぞれ思い思いに活動する。休日は、たいていの者は私服を着ている。マホロは白いシャツにカーディガン、ズボンというラフな服装だ。

中庭からはクリケットをやっている学生の声が聞こえ、廊下からは笑い声が聞こえる。休日は演習場が開放されるので、馬で遠出をする者もいた。ザックは念願の魔法クラブに入れて、青春を謳歌《おうか》している。マホロも当初は入るつもりだったのだが、ノアに誘われた一件があって白紙に戻した。ノアと二人きりになる時間をつくりたくない。

「マホロ、今、談話室で面白いことやってるぞ」

昼前にレポートを書き終え、食堂に向かう途中、同じクラスのジャックとビリーに声をかけられた。強引に引っ張られてついていくと、談話室に人だかりができていた。談話室の外の廊下も人が鈴なりだ。

「信じられない、クイーンを戦闘に出した！」

談話室の中から歓声が聞こえ、マホロは気になって人々の視線が集中している場所を人垣から覗き込んだ。談話室の大きなテーブルにシミュレーション用の戦略ボードゲームが置かれていて、制服姿のノアと上級生らしき学生が一対一で闘っていた。ボードゲームは実際に戦略の授業で使うもので、さまざまな地形に応じて兵士を配置し、仮想敵同士で闘い、競い合う。今まさにノアたちの闘いを、学生たちが見守っているところだった。

「な、何してるの？　誰？　あの人」

ジャックに尋ねると、前にいた学生の肩によじ登り、興奮した様子で教えてくれる。

「サザビー先輩は戦略の授業で負けなしの三年生だよ！　今、ノア先輩がクイーンを戦闘に出して、皆が唖然としてる。サザビー先輩もありえない戦術に度肝を抜かれて、動揺しているな。今、ミスした」

戦況を伝えるジャックは、嬉しそうだ。クイーンを守って闘うのが勝利の定石なのに、ノアはあえてそのクイーンを戦闘地域に移動させたらしい。背の低いマホロにはよく見えないが、学生たちの歓声から、ノアが勝ったことが分かった。

「クイーンに兵士が群がっている最中に、ノア先輩の兵士が補給を断って、勝利した！」

ジャックは他の学生と一緒にノアの勝利に騒いでいる。

「――何でこんな馬鹿な真似をしたんだよ！　女王が死んだらどうするつもりだ⁉」

歓声を遮るように、サザビーの声が響いた。負けたからではなく、ノアの信じられない戦法に憤《いきどお》っている様子だ。しん、とその場が静まり返り、サザビーとノアを息を詰めて見守る。

「お前こそ、馬鹿な発言をするな。トップなんていくらでも挿《す》げ替《か》えられる。王家の血なんて、何の価値もない。大切なのは、国が存続し続けることだろ」

憤るサザビーとは裏腹に、ノアは気楽な調子で答える。五名家の直系で在校生代表を務める人間の発言とは思えない。だが、これがノアなのだろう。

マホロは騒がしくなった談話室から、一人離れた。ノアは変わった人だとつくづく思う。優秀な人間というのは、どこか欠けているものかもしれない。だが、あれだけ確立した自分というものを持っていれば、どんな人生も思いのままだろう。

「終わりましたか？」

廊下を歩いている途中でテオと出会い、談話室の方を見て聞かれた。

「あ、はい。多分」

ノアのことだろうと思って頷くと、何故か頭から爪先までじっくり眺められる。

「ノア様はあなたにひどく関心があるようで」

ひやりとしてマホロは身構えた。

「私はノア様がこの学校で悪さをしないよう、御父上から監視役を頼まれています」

テオは顔色ひとつ変えず、マホロに耳打ちする。友達じゃなくて、目付け役なのか。マホロはあんぐりと口を開けて、テオを見返した。ひょっとしてノアに近づくなと牽制《けんせい》されているのか。

「ノア様が無理強いするようなことがありましたら、私が何とかしますので、遠慮なく仰って下さい。ノア様は優秀な方ですが、他人の意見を聞かないところがありますから」

軽く頭を下げられて、てっきり怒られると思っていたので拍子抜けした。

「よ、よろしくお願いします……？」

反射的に頭を下げて、テオとは別れた。

狐につままれたような思いで食堂に行き、一人でランチを食べ始めた。騒ぎが終わったのか、ジャックとビリーが興奮冷めやらぬ様子でやってきて、マホロの席で一緒にランチをとる。

「やー。ノア先輩、やっぱかっけーな。綺麗で頭よくて、魔法もすごくて、俺が女なら抱いてと迫るところだぜ」

ビリーはうっとりした顔つきでノアを思い出している。思わず飲んでいたジンジャーエールを噴き出すところだった。

「馬鹿。お前のようなマッチョが女になったら、やべーだろ。ノア先輩が気に入ってるのは、こういうちっこい生き物だぞ」

ジャックがマホロを指差して笑う。結局マホロはジンジャーエールを噴き出してしまった。

二人とも最近めきめきと筋肉をつけて、プロテインを好んで摂取している。マホロは卵サンドとフィッシュアンドチップスをもそもそ咀嚼《そしゃく》し、二人の話の聞き役になった。ひとしきり二人の筋肉自慢を聞くと、話がマホロに移り、ノアに気に入られているのを不思議がられた。

「ノア先輩、話しかけても害虫を見るような目で見返してくるんだよなー」

ジャックは悔しそうに拳を握る。マホロも最初、そんな扱いだった。

ぐずぐず食べているとノアが戻ってきそうで、マホロは急いで食事を終え、図書館に向かった。夜の誘いを受けて以来、会うたびにダッシュで逃げているのだ。嫌いではないのだが、話していると丸め込まれそうなので、物理的な距離を置きたい。

ノアがいないのを確認して、マホロは図書館に入った。また直感力とやらで捜されたらどうしよう。そんな埒《らち》もないことを考え、カウンターに近づく。

（あれ、アンがいない）

カウンターにも奥の司書室にも、アンの姿がない。日曜日でも必ずいるのに。

（これ、チャンスじゃないか？　見つかったら、アンがいなかったからと言ってごまかせばいい）

マホロは周囲を窺いながら、カウンターの奥にある司書室のドアノブを握った。鍵はかかっていない。千載一遇《せんざいいちぐう》の好機と、司書室に滑り込む。死角にアンがいるのではと見回したが、どこにもいない。

（開かずの間があるとしたら、ここのどこかが入り口になっているとしか考えられないんだけど）

以前マリーが言っていた開かずの間が気になっていた。この部屋以外は探し尽くした。マホロは棚の隙間や本の裏側を急いで探った。アンがいつ戻ってくるかもしれない。早く見つけなければばと、気が急いた。

「何やってる」

聞き覚えのある声が聞こえて、マホロは飛び上がった。司書室の入り口に、制服姿のノアが立っていた。ランチを食べていると思ったのに！

「悪い奴だな。勝手に入って」

ノアのからかうような声に、マホロは数歩後退した。早く開かずの間の入り口を見つけようと、手当たりしだいに触れていたときだった。後退して壁に手をついた瞬間、身体がぐらつく。

（え――）

壁に当たったはずなのに、どういうわけか宙に浮いている感覚に囚われ、マホロは焦って手を伸ばした。ノアが反射的にその手を摑む。

「うわ……っ」

ノアの手を握ったまま、マホロは後ろに倒れる。つられてノアがマホロを助けようとして助けられず、一緒に落ちてゆく。

「いて……、おい お前」

浮遊感の次には背中に強い衝撃を受けた。気づいたらノアと重なって倒れ込んでいる。ノアがしかめっ面でマホロの上から起き上がった。その声が途中で止まり、緊張感が漂う。マホロは慌てて立ち上がり、目にした光景に絶句した。

先ほどまで確かにカウンターの奥の司書室にいた。

けれど今は、何故か薄暗い部屋の中にいた。花柄の壁紙、応接セット、暖炉に重厚な本棚——マホロは興奮して部屋の中を見回した。不思議なことに、この部屋にはドアも窓もなかった。明かりは天井から吊り下がったシャンデリアだけで、その光源は弱々しかった。

「何だ、ここ？」

ノアは物珍しそうに周囲を見回す。

「開かずの間——本当にあったんだ」

マホロは鼓動を速めつつ、本棚に近づいた。本棚には古そうな書物に混じって、最近のものと思《おぼ》しきファイルがずらりと並んでいる。

開かずの間にはジークフリートが失踪した原因となった召喚魔法を記した魔法書があると思っていたのだ。だが分厚い書物を何冊開いてみても、魔法書らしきものは見当たらない。あるのは歴史書ばかりだ。

「ここが開かずの間だっていうのか？　そういやジークフリートが図書館に何かあるとか言っていたような……、お前すごいね。どうやってこの部屋を見つけ出したんだ？」

ノアは目を輝かせている。マホロよりよほど興奮して、感嘆しながら棚や壁、家具を見ている。

マホロは今度はファイルを手にとった。

（魔法書じゃないよなぁ……）

マホロはぱらぱらとファイルを捲《めく》った。するとノアが興味を惹かれたようにマホロからファイルを取り上げる。ファイルの背表紙には『危険人物リスト』と書かれていて、マホロは戸惑った。

「これ、かなりやばいものだな」

ノアの目が険しくなり、食い入るようにファイルの文書を目で追う。マホロは息を詰めた。

「危険人物の名簿だ。こんな情報……初めて知るものばかりだな」

ノアは忙しげにファイルを捲りだす。ファイルには危険人物の写真と事件を起こしたあらましや、その人物のプロフィール、家庭環境、現在の状況まで記してある。

「開かずの間って、機密書類を隠している場所なのか……？」

ノアは好奇心を抑えられないのか、次々とファイルに目を通している。マホロも同じ背表紙の別のファイルを取り出し、捲った。クーデターという文字に目が留まる。

「え……」

マホロはぎくりとした。

たまたま開いたページに載っていた写真を見て、ジークフリートだと思ったのだ。だがよく見れば、年齢が違うし、顔立ちもジークフリートより強面《こわもて》だ。それに、髪が赤い。

「どうした？　何だ、それは」

マホロの動揺に気づいて、ノアが覗き込んで眉根を寄せる。ファイルにはアレクサンダー・ヴァレンティノという名前が書かれていた。今から二十年ほど前にこの国でクーデターを起こそうとした人物らしい。闇魔法の一族で、神国トリニティというカルト教団を作り、その信者と共にクーデターを企んだようだ。幸いにも軍が制圧し、事件は未然に防いだが、教祖であるアレクサンダーが自決したため組織の解明には至らなかったとある。

闇魔法の一族について、この国で知らない者はいない。五名家とは別に闇魔法を操る一族がいて、かつてこの国を恐怖に陥《おとしい》れた。闇魔法は基本的に人を殺す魔法だ。関わってはならない、禁忌だと教えられて育つ。今は闇魔法を操る一族はすべて死に絶えたと言われているが……。

「……ジークフリートに似ているな」

アレクサンダーの写真を凝視していたマホロに、ノアがぽつりと呟く。マホロはとたんにファイルを閉じ、本棚に押し込んだ。そんなはずはない。ジークフリートは五名家の一つ、ボールドウィン家のひとり息子なのだ。こんなクーデターを起こした人物と似ているはずがない。

「おい……」

マホロは部屋の隅に行って、うずくまった。ノアが心配そうに声をかけてくるが、無視して膝を抱える。アレクサンダーのファイルを見てから、動悸がする。不安と疑惑が、頭の隅に湧き上がってくる。写真を見て思い出してしまったのだ、一度だけジークフリートの髪が赤くなっているのを見たことを。

『マホロ。これは秘密だよ。俺も君と同じだから』

ジークフリートは髪色を染める染料を取り出しながら、マホロに言い聞かせた。その時のジークフリートの瞳が異常に恐ろしくて、マホロは頷いた。震えが止まらなかった。サミュエルも妻のマーガレットも髪の色は黒なのだ。

あの時、マホロの頭に浮かんだのは、子どもの頃に聞いた童謡だった。赤毛の鬼がやってくる、人を殺しにやってくる、良い子は家にお戻りよ……。デュランド王国では、赤毛は不吉の象徴とされているのだ。

「おい、大丈夫か？」

ふいに身体を揺さぶられて、マホロは我に返った。心配そうにノアが自分を見ている。ここがどこだか忘れていた。

「す、すみません……」

マホロがうなだれると、ノアはその手を引っ張りソファに誘った。

「ジークフリートには秘密がある」

並んで座ったマホロに、ノアが切りだした。思わずノアを仰ぐと、端麗な顔がわずかに歪んでいた。

「会った時からそれは感じていた。あいつは……ふつうと違うって。誰のことも信じていないし、誰のこともまともに見ていなかった。そういう点は俺も人のことは言えないが、今のファイルを見て納得するものがあった」

「あれはジーク様とは関係ありません！」

気づけば大声で叫んでいた。危険人物名簿に載っているような人物と、ジークフリートが関係しているわけがない。マホロが腰を浮かせて拳を震わせると、ノアは目に静かな光を湛《たた》えてマホロを見返した。

「だが失踪するには十分すぎる理由じゃないか？」

ノアの言葉はマホロの胸を貫いた。

その通りだと思った。あのファイルの人物がジークフリートとどういう関係にあるか分からないが、もし関係しているとすれば、確かに失踪する理由にはなる。近親者がクーデターを起こした人物だと知ったら……。

「う……」

ジークフリートの受けた衝撃、苦しみを想像して、マホロは涙を滲《にじ》ませた。何もできない自分が歯がゆくてたまらなかったのだ。

「おい、泣くほどか？」

呆れたような声でノアに腕を引かれ、マホロはソファに腰を下ろした。ノアの手がマホロの頭を撫で、肩を抱かれる。

「ジークフリートは幸せ者だな。正直、俺には、あいつにそこまで傾倒する気持ちが分からないけど……」

ぐすぐすと洟《はな》をすするマホロに、ノアが呟く。ジークフリートは優しい人だと言おうとして、マホロは言葉に詰まった。使用人に対するジークフリートの態度を思い出したせいだ。ジークフリートはマホロにだけ優しかった。いつも傍に置いて、身の回りの世話をさせるくらい、気に入られていた。ジークフリートに憧《あこが》れる貴族の子弟や使用人に、たまに嫉妬されることもあった。そういう時、マホロに意地悪な真似をした人物は手ひどい目に遭わされた。

他の人にも優しい言葉をかけてほしい。そんな発言をしたことがある。ジークフリートは微笑みを浮かべ「私に意見するのかい」と一言だけ発した。その時のぞくりと総毛立つ感覚。ジークフリートは生まれながらの絶対王者で、目下の者が意見するなんて万死に値するものだった。幸いマホロは罰せられるようなことはなかったが、それ以来、ジークフリートに何か言う時は気をつけるようにしていた。

「このこと……サミュエル様に伝えるべきでしょうか」

涙を拭《ぬぐ》い、マホロは途方に暮れた。失踪の原因になりそうな情報を突き止めたのに、それをサミュエルに伝えたら、とんでもない事態を招きそうで怖い。まさかマーガレットに不貞があった？　……嫌な想像が頭を巡る。

「情報は開示するべきだろう。どのみち、ジークフリートは消えているわけだしね」

ノアに当然とばかりに言われ、マホロは考え込んだ。ノアの指先がマホロの髪に触れる。ノアはマホロのつむじを眺め、興味を惹かれたように髪を引っ張った。

「髪の毛染めてるのか」

白くなった部分を指先でなぞり、ノアが言う。

「あ、はい。そろそろ染めなきゃ……。俺、染めないと真っ白なんで」

そういえば最後に染めてから、三カ月近く経っている。スーツケースの中に染料を入れてある。夜にでも染め直そう。

「お前、その年で若白髪なのか！　そんなに苦労《いじ》してたのか⁉」

ノアに仰天され、マホロは赤くなって髪を弄《いじ》っているノアの手を払いのけた。

「違います。俺、物心ついた頃からもう真っ白で……」

一時的に入っていた孤児院でも、白い子どもとして有名だったとノアに語った。ノアはがぜん興味を抱いたらしく、しげしげとマホロの頭を観察する。

「両親を亡くしていたのか。すごい苦労してるじゃないか。それはともかく、やけに白いと思ってたんだよな。先天性か」

「はぁ。長い間日差しの強いところに立つと、倒れちゃうんですよね。肌は真っ赤になるし」

ノアに腕や足が露《あらわ》になるよう服をまくり上げられ、マホロはたじろいだ。ノアは面白いおもちゃでも見つけたみたいに、マホロの素肌を観察する。

「染めるのやめろよ」

強引に足首を持ち上げられ、反動でマホロはソファに転がった。ノアはマホロの細い足首を摑み、何故か靴を脱がせる。

「え。でも白いと目立つし……あの、何故靴を」

両方の靴を脱がされて、困惑する。

「いいじゃないか。白いほうが絶対可愛いと思う。いや、待て、可愛すぎて俺みたいなもの好きが増えるかもしれないな……。それはまずい」

ノアはぶつぶつ言って、マホロのシャツのボタンを外そうとしてくる。慌ててその手を押さえ、顔を引き攣らせた。忘れていたけれど、自分はこの人に夜の誘いをかけられていたのだった。

「けちけちするな。ちょっと見せろよ、お前の身体」

ノアがカーディガンを引っ張る。

「見せませんよ！　何言ってんですか！」

貞操の危機を覚え、マホロはソファから離れようとした。靴が部屋の隅に放り投げられている。テオがいれば、すぐに助けを求めるのに！　この部屋から出なければと慌てて靴を履き、壁に触れるが、何も起きない。そういえばこの開かずの間に入れたのは偶然だった。どうやったら出られるのだろう⁉

「この狭い部屋で追いかけっこか。そういうの、嫌いじゃないけどね。いいよ、追いかける楽しみをくれるんだろう？」

ノアは悪魔っぽい笑みを浮かべ、じりじりと迫ってくる。

「そ、そんなこと言ってる場合じゃないです！　ここからどうやって出ればいいか分からないのに！」

追いかけてくるノアを押しのけ、マホロは手当たり次第に壁に触れていった。何も起きない。さすがにノアも事態の深刻さに気づいたようだが、マホロほど真剣に出口を探そうとしない。

「出れないなら、好都合じゃないか。なぁ、ちょっと裸になれ。お前の全部が見たい」

必死になって出口を探すマホロの身体を軽々と持ち上げ、絨毯《じゅうたん》の上に下ろされる。焦って逃げようとしたが、腹の上に乗っかられ身動きがとれなくなった。

「嫌です！　絶対に嫌です！」

真っ赤になって抵抗したが、ノアの身体が重すぎて動けない。細身に見えて、しっかり筋肉がついているのだ。ノアは嬉々とした様子でカーディガンを剝ぎ取った。

「あんまり暴れるな。魔法は使いたくないから。いくら俺でも魔法でお前を拘束するのは、よくないと分かっている」

ノアはマホロの手をかいくぐってシャツのボタンを外し、全開にする。上半身が外気に触れ、「ひえっ」とマホロは悲鳴を上げた。

「うっわ、細いなお前……。腹、真っ白だぞ。すべすべだし」

ノアの手が腹部を撫でると、マホロはぞくぞくして震えた。ノアの手を押さえようと思うが、マホロの抵抗などほとんど気にならないのか、好きに身体を撫で回される。

「乳首、ピンクだな。やばいな、興奮する」

ノアの手が胸を揉む。指先で乳首を摘まれ、マホロはびくりとした。足をじたばたさせるが、興奮しているノアには効かないのか、両方の乳首を弄られる羽目になる。

「や、やめて下さい……っ」

乳首なんて気にしたこともなかったのに、ノアの手で執拗《しつよう》に弄られていると、変な気分になってくる。紅潮した頬でノアを睨みつけると、ノアの動きが止まって、じっくり見つめられる。

「……まずい、勃《た》った」

ノアが顔を寄せて、低い声で言う。マホロは息を呑んで、硬直した。勃ったというとつまり……この状態の自分に……？　恐ろしさのあまり身じろぎすると、ごり、と硬いものが腹部に当てられる。こ、これは……。

「そんな顔をするな。俺が一番驚いている。裸見ただけで勃つとか、信じられない。思春期だってもっと淡白だったぞ。どうやら俺は、お前に本気で惚れているようだ」

「そそそ……っ、そんな」

パニックになってマホロが引っくり返った声を上げると、ノアが目を細めた。

「――このまま、していい？」

窺うように聞かれ、マホロはとっさに首をぶんぶん横に振った。

「駄目です！　い、嫌です、これもういじめですから！」

何とかノアの気を変えようと、マホロは大声を出した。

「だよなぁ。さすがの俺も、レイプはよくないと分かっている。じゃあ、やめてやるから、その代わりキスしていい？」

とんでもない交換条件を出され、マホロは頭が真っ白になった。

「キスで我慢してやるから」

頭の脇に手をつき、ノアが迫ってくる。どうしよう、どうしようとマホロは混乱して視線をさまよわせた。嫌だと言えば、ノアとセックスする羽目になるのだろうか。それよりはマシ……？

「質問。キスを知らない人に、キスの説明をどうやってする？」

唐突に質問をされ、マホロは頭をぐるぐるさせた。

「実際、してみせる、とか……？」

ノアが口元に笑みを浮かべ、マホロの唇に触れた。哲学的な質問かと思ったら、違うのか。柔らかな感覚に包まれて、マホロはかちこちになった。一度触れたらもう終わりだろうと思ったの

に、ノアは確かめるようにマホロの唇を舐《な》めて、吸う。

「口、開けろ」

耳朶《みみたぶ》を揉まれながら命じられ、反射的に口を開けた。ノアの舌が口内に入ってきて、得体の知れない感覚が迫《せ》り上《あ》がってきた。

(う、うわぁ……)

舌や唇を吸われ、口内を舌先で弄《まさぐ》られる。初めての感覚にマホロはうろたえ、息を荒らげた。キスがこんなにねちっこくて執拗なものだなんて知らなかった。触れるだけのものではなかったのか。互いの唾液が混ざり合って、息が苦しくて、鼓動が激しく鳴っている。ノアの唇は熱くて柔らかくて、くっついたきり離れてくれない。

「……キスも、初めてか」

うなじを手で摑まれ、耳元でノアが囁いた。マホロは自由になった口で目一杯息継ぎをする。その唇にまた唇が重ねられ、角度を変えて貪られる。音を立てて舌を吸われると、全身の力が抜ける。自分が何をしているのかよく分からなくなり、濡れた音がするたび、目がチカチカする。

「……っ」

飽きることなくノアはマホロの唇を貪った。頭がぼうっとして、涙が滲んだ。ふいにノアの手が胸元に伸び、また乳首を摘まれる。マホロはびくっと身体を震わせ、ノアの身体を押しのけた。

「ちっ。駄目か」

身体を強張らせたマホロに気づき、ノアが諦《あきら》めたようにマホロの身体から離れてくれる。マホロはぎくしゃくする身体で部屋の隅に移動し、膝を抱えた。心臓がばくばくして、発熱している。信じられないことに、ノアとキスをしてしまった。しかも濃厚な。

（何で俺……勃起《ぼっき》してるの？）

自分の身体の変化が信じられず、頭がくらくらした。初めてのキスは刺激的すぎて、身体に変化をもたらすものだった。

「――お前さ、ジークフリートの屋敷にいたって言ってたな？　あいつはお前に手を出さなかったのか？」

ノアの視線が探るようなものになり、マホロはぶんぶんと首を横に振った。

「ジーク様はそんな真似は……、大体俺なんかに手を出すほど飢えてないです」

強い口調でそう口走り、ふと昔の記憶を思い出して、動揺した。ジークフリートはマホロに性的な行為は一度もしていない。だが、第三者がマホロにそういう行為をしようとした際、容赦なく痛めつけた。古い記憶だ。もう忘れよう。

「ノア先輩は変態です……」

床に寝そべっているノアを睨みつけると、軽く手で払われる。

「変態って。女とするのも男とするのも、たいして変わりはない。まぁでもジークフリートが手を出していないのは意外だったな。嬉しい誤算だ。ちょっと待ってな、今、一瞬で萎えるような暗い過去を思い出すから」

ノアは気難しそうに眉をひそめ、目を閉じて何か考え込む。おそるおそるノアを見やり、そこで初めてノアがチョーカーをつけているのに気づいた。銀色に光るチョーカーに、ダイヤモンドが光っている。ふだんは制服で隠れているのだろう、気づかなかった。

しばらくすると、ノアはむくりと起き上がって、この世の終わりのように頭を抱えた。

「あー萎えた。思い出したくなかったのに」

どんな過去か知らないが、ノアの顔が歪むような記憶らしい。ノアがこれ以上無体な真似をしないと分かり、マホロはホッとした。こういう行為は愛する者同士がするものだ。流れに任せてするものではない。

「ノア先輩、チョーカーなんてしてるんですね……」

ノアの首元を見て、マホロはつい口にした。

「ああ、これか。まぁ……ちょっと訳アリだ」

ノアは首元に触れ、言葉を濁す。あまり聞かれたくないようだ。

「よし、それじゃあ出口を探すか」

ようやくノアもその気になって、壁に沿って手を這わせる。マホロも落ち着きを取り戻し、乱れた服装を直して、一緒になって壁を探った。

「仕方ない、魔法を使うか」

三十分ほどあちこちを探ってみたが何も見つからず、ノアが杖を取り出した。杖は制服の内ポケットに携帯しているらしい。

「使い魔ブルよ、この場に馳せ参じよ」

何もない空間に向かってノアがそう唱えると、杖の先から白い煙が伸び始めて、みるみるうちに犬の形になった。黒光りするしなやかな身体に、凶暴な顔つきのピットブル。ノアの使い魔だ。使い魔はマホロを見るなり目を光らせ、すごい勢いで匂いを嗅《か》いできた。ぐるぐる唸《うな》っているし、涎も垂らしていて、心底怖い。

（この綺麗な人に、この犬！）

ノアの本性を知っている今だから納得できるが、知らなければびっくりするに違いない。

「ブル。入り口を探してくれ。分からなければ、違和感のある場所を」

ノアは鼻を押しつけてくる使い魔をマホロから引き離し、命じる。使い魔の名前はブルというらしい。ブルはノアの命に従って壁や棚を嗅ぎ分けていく。ぐるりと一周したかと思うと、壁の一点で一声吼《ほ》えた。

ノアがそこを探ったが、何も起こらない。

「お前やってみろ」

ノアに促され、マホロは壁に手を当てた。外に出たいと念じながら。

「開いて」

祈るような思いで言うと、突然壁がぐにゃりと曲がった。ここに違いないと、マホロはノアに手を伸ばした。ノアの手を摑みながら、壁の外へ倒れ込む。

——空間の歪みが消えると同時に、マホロたちはカウンター奥の司書室に戻っていた。幸い、司書のアンはいなかったので、急いで図書館を出る。時計塔の針は、四時半を示している。思ったほど遅い時間じゃなくて、ホッとした。

「お前さ……」

渡り廊下でノアに話しかけられ、マホロは赤くなって急いで距離をとった。先ほどまでしていた行為が思い出され、恥ずかしくてとてもノアの顔を見られなかった。

「ああいうの、もう駄目ですから！」

マホロは大声でまくし立てた。

「何だよ、別に嫌じゃなかったろ」

マホロの早足に合わせて、ノアが横に並んでくる。ブルは小走りになるマホロに嚙みつこうとしているのか、後ろからがうがう言いながらついてくる。

「嫌です！　嫌がってました！」

「嘘つけ。けっこう気持ちよかったくせに」

「どうしてそういうこと、言うんですかぁ！」

ノアと言い合いをしながら小走りになっていると、すれ違う学生から注目を浴びる。校舎に入ろうとした時、前方に人影が現れて、焦って立ち止まった。後ろをついてきていたブルが膝裏に突進してきて、体勢を崩す。

「まぁ、どうしたの。騒々しい」

ふっとノアの空気が硬くなり、マホロは横を向いた。白衣姿のマリーが立っていた。

「す、すみません」

廊下は走るなと言われているのだ。頭を下げるマホロの後ろで、ブルがすごい勢いでマリーに吼えたてる。目が吊り上がり、今にも飛びかかりそうだ。ブルはマリーが嫌いらしい。

「むやみやたらと使い魔を呼び出しては駄目よ」

マリーはブルを冷めた目で見下ろす。ブルは牙を剝き出しにして唸っている。ノアは杖を取り出し、ブルをこの場から消し去った。

「失礼。マホロ、行くぞ」

ノアは抑揚のない声でマリーの横を通りすぎる。今日のマリーは白衣の下に胸元が大きく開いたワンピースを着ていて、年頃の男なら目を奪われる。けれどノアはマリーが嫌いらしい。冷たく一瞥《いちべつ》して、さっさと歩いていく。

「マホロ君」

一礼してその場を去ろうとしたマホロの手を、マリーがするりと引き留める。

「何かあったらカウンセリングルームに来てね。あなたならいつでも歓迎よ」

まとわりつくような香水の匂いに、マホロはくらりとした。マリーは煽情的《せんじょうてき》な眼差しでマホロに耳打ちし、にっこりと微笑む。気後《きおく》れしつつもマホロは頷いた。

「マホロ、来い」

廊下の先で、ノアが不機嫌そうに待っている。ノアとマリーの間にあるぎこちない空気を感じながら、マホロは歩きだした。

7 関係性の変化

魔法史の授業中、外から大砲の音が響いた。魔法の授業は一年生全員で受けるので、総勢三十二名がいっせいに窓に意識を向ける。教壇に向かって階段状に机と椅子が並んでいる造りだ。教壇に立つジョージが苦笑した。

「今日は三年生が軍事演習を行っているね。あの音のせいで、この島は鳥が少ないと言われている」

ジョージは柔和な面立ちの中年男性で、いつも古風な魔法使いみたいなマントを羽織って授業を行う。

「さて、血縁のことゆえ知っている者も多いと思うが、この国では昔、五名家による争いが長く続いた。それぞれの名家に属する魔法による、熾烈《しれつ》な争いだった。火の魔法を操るヤント・ジョーンズ家、水の魔法を操るエインズワース家、風の魔法を操るラザフォード家、土の魔法を操るボールドウィン家、雷の魔法を操るジャーマン・リード家だ。君たちローエン士官学校の学生は、遠縁であっても、もれなくこの五名家の血を引いているね。この五名家による闘いが終わりを見せなかったせいで、多くの犠牲者が出続けた。その時、突如、闇魔法を操る一族が現れたのだ」

　ジョージはデュランド王国で起きた凄惨な事件をいくつか紹介した。学生は皆、先祖の話なので神妙に聞いている。マホロは実感はないが、五名家同士の魔法戦争については知識として知っている。五名家はそれぞれ派閥をつくり、他の貴族や一般人を巻き込んで、国内を五分割してしまったそうだ。領地争いから暗殺、強盗のような真似をする輩《やから》もいたらしい。三百年前の話だ。

「突如現れた闇魔法を操る一族は、五名家の力が弱まった頃を見計らい、この国を乗っ取ろうとした。そこで初めて五名家は和睦を結び、闇魔法を退けたんだ。闇魔法は禁忌とされ、今や知る由《よし》もないが、恐ろしく、人を殺すのに長《た》けた魔法ばかりだったという。五名家は過去の遺恨に目を瞑《つぶ》り、一致団結して闇魔法使いたちを絶滅させた。その後、これからは平和こそ大事だと気づき、百年前にこのローエン士官学校を創《つく》り、五名家の子息たちを集《つど》わせたのだ。まだ若く、柔軟な発想を持っているうちに、五名家が仲良くなるようにとね。そして、それは魔法を発展させるという点でも、とても重要だった。魔法石を使えば、一族が引き継ぐ魔法以外も使えるようになったのだから。しかも、別の魔法を組み合わせれば、多くの新たな魔法を生み出す複合魔法が完成した。手をとり合うだけで、我々はこんなにも進化を遂げたのだよ。だから君たちも、同族とだけつるむのではなく、多くの友人を作りなさい。それこそ、先祖が真に望んだことだ」

　ジョージは穏やかな笑みを浮かべて言った。

「先生、異なる一族と婚姻すると魔法回路がない子が生まれやすいのは何故ですか？」

　学生の一人が挙手して、発言する。

「いい質問だね。魔法回路については、多くの謎をはらんでいる。同じ家系の者同士で子を生《な》すと魔法回路のある子どもが生まれやすいが、異なる一族と婚姻すると、魔法回路を持たない子どもができやすい。おそらく、精霊は純粋な血を欲しているのだろう。とはいえ、異なる一族同士でも絶対に魔法回路のある子どもができないわけではない。現に校長は雷魔法の一族と風魔法の一族の間に生まれた子どもだ。見ての通り、校長は四賢者の一人と呼ばれるほど、絶大な力を持つ魔法使いになっている。こればかりは、神と精霊の思し召《おぼめ》しというほかないね」

マホロは感心してジョージの話に聞き入った。

教壇から学生を見下ろし、ジョージは大きな箱を開けた。箱から出てきたのはたくさんの杖だ。

「来週、本物の魔法石を使った実技に入るよ。魔法石はとても貴重なもので、軍が厳重に管理している。我々は軍から特別に支給されたものを使っているんだ」

ジョージは杖の持ち手部分に石を嵌め込《はこ》む部分があるのをマホロたちに見せた。杖はごくありふれたオーク材でできたものだ。学生全員に配られて、マホロもその一本を手にとった。ザックは自分の杖に興奮気味で、宙に円を描いて喜んでいる。杖には小さな穴が四つ開いていて、自分が使えない属性の魔法石を嵌めるらしい。上級者になると複合魔法も使えるようになるが、数学的な発想が必要と教えられている。

「自分の杖は大切に扱ってね。折ったり、燃やしたりしたら罰則だよ」

高揚してわいわいと騒がしくなった学生たちにジョージが微笑む。

「魔法の仕組みは前回教えた通り、まず呪文だね。使いたい魔法を得意とする五精霊の名前を告げ、命令する。するとスピリットが集まり、杖に組み込まれた魔法石をもとに魔法を発動する。

魔法回路を持つ者には魔法が扱えるが、魔法回路がなければ呪文を唱えても何も起こらない。魔法回路は繰り返し使うことで、より強化されていく。だがその能力には個人差があるので、魔法石のサイズを調節して、補っていくよ」

ジョージの説明はよどみなく続く。

「魔法には、初級、中級、上級とレベルがある。初心者の君たちはまず初級からだ。最初の授業では火魔法を習う。初級は火をつけることから。中級になると大きな炎を生み出し、上級になると思いのまま火を操り、火で竜を作ることも可能だ。セント・ジョーンズ家の一族で、すでに初級レベルができる者は、他の学生の補佐に回ってくれ」

マホロはノートにジョージの話を書き留めておく。

「来週の魔法の授業は演習場で行うよ。では今日の授業はおしまい」

ジョージが合図して、学生たちはそれぞれ席を立った。教室を出る際に、再び砲撃の音がして、マホロは何となく不安になる。軍事演習では実弾を使わないらしいが、学生同士で銃を向け合うなんて気が進まない。士官学校でそんな生ぬるいことは口にできないが、闘いとか争いは苦手だ。

「あーやっと実技に入るね。早く魔法を使いたいなぁ。魔法回路があるといっても、まだ使ったことないからどんな感じか分からないなぁ。うずうずするぅ」

ザックは目をきらきらさせて、マホロと肩を並べて歩く。五名家の由緒正しい家の生まれの子は、一族の魔法に関しては親や祖父母から教え込まれているそうだが、Dクラスのザックはマホロと同レベルらしい。

「魔法クラブで、魔法使わせてもらってないの？」

廊下を歩きながらマホロが首をかしげると、ザックは頬をふくらませた。

「そうなんだよ。実技に入るまで、一年は見学ばかりさ。部長のノア先輩の魔法はホント綺麗でさぁ。オスカー先輩の魔法はすごくスピードがあって、レオン先輩は何ていうか力強い」

ザックが夢見る目つきで語る。ノアとレオンは仲が悪いが、同じ魔法クラブ所属らしい。

「そうなんだー」

マホロが感心すると、ザックが鼻を擦る。

「皆それぞれ格好いい杖を持ってるんだよ。それに使い魔ね。三年生になると、校長から各自の個性に合った使い魔が授与されるんだって。知ってる⁉　ノア先輩の使い魔がすごく恐ろしいらしくて、二年の先輩が怯《おび》えてたんだけど。ノア先輩の美しさなら、アフガンハウンドとかボルゾイとか、あ、怖いってことはドーベルマンかな？」

「さ……さぁ……」

ブルの凶暴な唸《うな》り声《ごえ》を思い出し、マホロは渇いた笑いを漏らした。ザックの夢見る目つきを見ていたらとてもピットブルとは明かせない。

「腹減ったね。ランチに行こう」

ザックは明るく笑い、マホロの背中を押す。

入学して一カ月半が過ぎ、ここでの暮らしのリズムも整ってきた。実技の授業は相変わらず苦手なものが多いが、どうにかついていっている。

だが、ジークフリートに関する調査は依然進んでいなかった。開かずの間で見た謎のファイルについては、サミュエルに報告できずにいた。ただ顔が似ているというだけで知らせていいのかどうか、悩んでいた。

食堂に行き、サラダと二種類のサンドイッチ、野菜ジュースをトレイに並べ、ザックと空いている席に座る。隣のテーブルにはAクラスのメンツがいて、その中に新入生代表のキースがいた。キースはマホロたちが席につくと、ちらりとこちらを見てきた。

「うわ、キースだ。あいつ苦手なんだよね、嫌みでさ」

ザックがキースに気づいて、背中を丸める。ザックとキースは同じ魔法クラブなのだ。キースはレオンの親戚だそうで、真面目そうな雰囲気はそっくりだ。

「何か、こっち見てない？」

マホロは野菜ジュースを飲みながら、小声で言った。気のせいか先ほどからキースがこちらを睨《にら》んでいる気がする。しかもその視線がザックではなく、自分に向いているような……。

居心地悪い思いをしながらも、マホロはサンドイッチを頬張った。海老《えび》とアボカドのサンドイッチは食べづらいが美味しい。

隣のテーブルにいたAクラスの連中が席を立ち、マホロはホッとして肩から力を抜いた。安堵したのも束の間、キースが無言で近づいてきて、マホロの目の前に立つ。顔を上げると、怖い顔でキースがマホロを見下ろしている。

「……キース、何か用？」

面倒そうにザックが尋ねると、キースはそれに答えず勝手にマホロの隣に座ってきた。

「お前、ノア先輩に気に入られているって本当か」

脅《おど》すように聞かれ、マホロは無言になった。ザックも目が点になっている。

「え、ジェラシー？」

ザックがニヤニヤして聞くと、キースがじろりと睨む。その険しい形相に、すぐにザックが両手を上げて降参のポーズをとった。

「どうやってあの人に取り入ったんだ。成績はひどいし、実技も落ちこぼれなんだろ」

キースに凄まれ、マホロは間抜け面で見返した。Aクラスにまで駄目なのが伝わっているのか。

「いや……何も……」

マホロはしどろもどろでザックに助けを求めた。キースはノアが好きなのだろうか。あれだけ美しくて学校一の成績を誇っていれば、憧《あこが》れる学生もいるだろう。マホロとしては取り入ったつもりはなく、どちらかといえば貞操の危機を感じるので近づかないでほしいくらいなのだが。

「しょーがない。キースには可愛げがないもんね。マホロみたいに白くて可愛い生き物に生まれてくればよかったのにね」

ザックが小声で突っ込むと、キースのこめかみがぴくぴくした。キースの身体から怒気が発せられ、今にも喧嘩《けんか》が始まるのではないかとマホロはハラハラした。

「落ちこぼれクラスの奴に聞いた俺が馬鹿だった」

キースは怒気を収めると、ザックとマホロに侮蔑的な眼差しを向けて去っていった。ザックが腹を立てて紙パックのジュースを握り潰す。

「何で煽《あお》るような言い方するの？」

緊張を解いて聞くと、ふんと鼻息が降ってきた。

「あいつ、Dクラスを馬鹿にするからむかつく。でもそんな奴もノア様にかかると形無しだよ。何ていいったってノア様はあいつに話しかけられても、まともに答えないからね！　まぁ僕が話しかけてもまともに答えてくれないんだけど……。たまに無視されるけど」

ザックが自嘲気味に笑う。

「え、そういう感じなの？　ノア先輩って」

自分に対する態度とはかなり違っていて、同じ人とは思えない。ノアのことだから、クラブ員には厳しく当たっているのかと思った。

「ノア先輩は興味ある人にとる態度と、ない人への態度の落差が激しいのさ……」

そうなのかとマホロは複雑な気持ちになった。ジークフリートと似たタイプかもしれない。キースに対する扱いもひどいなら、出自は関係ないようだが。

「でもマホロ、ノア先輩と仲いいってのけっこう噂になってるよ。一緒にいるのよく見かけるって皆言ってる。僕も知りたい。どうやったらノア様と仲良くなれんの？」

素朴な質問をされ、マホロは「仲良くないから！」と慌てて答えた。マホロとしてはノアに近づきたくないのだが、例の『マホロを見つける力』とやらで、しょっちゅう顔を合わせてしまう。二度と二人きりにならないように気をつけているが、相変わらずノアは気軽に誘ってくる。

「あ、ほらほら。ノア様見つけた。マホロ、ちょっとこっち、来てみて。あれが名物ノア様親衛隊だよ」

ランチを終えて廊下を歩いていると、ザックが目敏く窓越しにノアを見つけてマホロを手招きした。中庭のベンチにノアとテオがいて、その周囲に一年生と二年生の学生が群がっていた。ザックはマホロの手をとり、渡り廊下から中庭に出る。そしてノアたちがいるベンチの後ろの茂みにマホロを連れ込んだ。

「え、これって盗み聞き……」

マホロが顔を曇らせると、ザックが指を口に当てて、「しーっ」と黙らせる。

「ノア様、この前の演習でダブルスコアを出したって本当ですか⁉」

「ああ」

ベンチでは瞳をきらきらさせた学生が、頬を紅潮させてノアに話しかけている。

「すっごーい、俺たちサザビー先輩との対戦も見てたんですよ！　ホント、感動しました！　先輩、完璧すぎますよ！」

別の学生が熱く拳《こぶし》を握る。

「ふーん」

「こんなに美しくて、首席で、ノア先輩は俺たちの憧れです！」

「そう」

「ノア先輩を目指して僕たち、がんばります！」

「ああ」

熱意を込めて話しかける学生に比べ、ノアの受け答えはそっけなさすぎる。それでもノア親衛隊は気にならないのか、うっとりノアを見つめて口々にしゃべっている。茂みの隙間からそっと覗いて、驚愕《きょうがく》の事実に気づいた。ノアは本を読みながら受け答えしているのだ。しかも、それが「ああ」「ふーん」「そう」をきっちり順番に口にしているだけで、彼らの話をまったく聞いていない。

「聞いた？　あれがノア様のスルー術だよ。興味がない相手には、あの三つの言葉しか使わないんだ」

ザックは恐ろしげに身震いする。

「怖い……。会話が一見成り立っているのがすごく怖い」

マホロも怯えてザックにすがりつく。

ふとノアが本から目を上げて、辺りを見回した。これは自分に気づいたのかもしれないと、マホロはザックの腕を引っ張って、こそこそとその場を離れた。

「すごいね。親衛隊なんているんだ……」

部屋に戻ると、マホロはどっと疲れを感じて、ベッドに横たわった。彼らにとって、マホロは邪魔な存在ではないだろうか。

「安心しなよ。ノア様親衛隊はできがよくて、ノア様が散れと言ったら速攻で散るし、ノア様のために寮内で起こるいじめや暴力を調べ上げ、逐一報告しているんだって。マホロも誰かに意地悪されたことないだろ？　ノア様親衛隊は、ノア様を見守るだけで幸せっていう気持ち悪い……いや、素晴らしい信奉者たちなんだ」

そうなんだ、とマホロは乾いた笑いを漏らした。男子校のせいか、変な人が多い気がする。けれど、そうなると親衛隊よりキースのほうが厄介なのか。同世代が集まるというのは変な空間を作るのだなとマホロは初めて知った。

翌週の魔法の授業は、澄み渡った秋空の下、演習場で行われた。演習場は図書館の奥、島の北側に位置する。芝生を敷き詰めた広場に、マホロたち新入生一同はそれぞれ杖を持ち、一列に並んだ。奥には森があり、山がある。サバイバル訓練なども、山では行われるようだ。

「では魔法石を配ります。セント・ジョーンズ家の血筋以外の人は、とりに来るように」

ジョージに声をかけられ、マホロたちは赤い魔法石を受け取った。石の色によって使える魔法は異なる。赤い魔法石は炎や火を生み出す魔法に使えるらしい。火魔法の血筋のセント・ジョーンズ家の者は魔法石なしでできるそうだ。

「魔力量は人によってさまざまです。魔力が枯渇すると倦怠感《けんたいかん》や、疲れを感じるかもしれません。その場合はすぐに申し出ること。それから魔法が暴走する学生がたまにいるので、最初の授業では、上級魔法を取得した学生についてもらいます」

ジョージの合図で、十三人の学生がぞろぞろと森に現れた。ざわめきが起きて、ノアやオスカー、レオンがいるのが分かった。優秀な学生たちの顔ぶれだった。三年生が多いが二年生もいるらしい。上級生は一年生の後ろに並び、何かあったらすぐに止めに入るそうだ。彼らにとって一年生の魔法などとるに足らないものなのだろう。雑談している学生もいた。

「うわー、ドキドキするなぁ」

ザックは杖に赤い魔法石を嵌め込んで、武者震いしている。マホロも渡された赤い石を杖の穴に嵌めた。かちりと音がして、魔法石がセットされる。

「魔法石は、消耗品です。この程度の大きさの石なら、百回ほど魔法を使ったら、割れて寿命を終えるでしょう。もちろん上級魔法を使えば、それなりに消耗されます」

ジョージの説明を聞き、マホロはふーんと感心した。魔法石は国で管理されている特別な石だ。貴重かつ軍事利用できるので、一般人には手に入らない。

「では順番に、火魔法を使ってみましょう。火魔法は、精霊イグニスを呼び出し、力を借りるイメージです。言葉には力が宿ります。杖を握って、炎を生み出して下さい」

一番端に立っていたジャックの肩に手を置き、ジョージが頷く。ジャックは杖を宙に向け、照れながら呪文を唱えた。杖の先からぽっと火が出て、しゅうっと消えていく。可愛らしい炎に、周囲から笑いが起きた。

「けっこう難しそうだな」

ザックは笑っておらず、真剣に他の人が杖を振るのを見ている。マホロはふと視線を感じて後ろを向いた。ノアと目が合ったと思うと、手を振られる。こんなふうだから、キースに難癖をつけられるのかもしれない。

順番が回ってきて、ザックは緊張しながら火の精霊を呼び出している。ザックの杖から細長い炎が生み出される。なかなかいい出来で、ジョージから筋がいいと褒《ほ》められていた。

マホロの番がきて、杖を宙に向ける。火のイメージを頭に描こうとして、火のイメージって何だろうとぼんやり考えた。そういえば幼い頃、ジークフリートに炎に包まれた男性の写真を見せられたことがあった。モノクロの写真だったけれど、炎に包まれた人間の姿は恐ろしくて、マホロは夜眠れなかった……。

「イグニスの精霊よ。我が呼びかけに応《こた》え、炎を、放ちたまえ」

マホロは呪文を唱えた。

とたん、激しく燃え盛る巨大な炎が杖から生まれ、辺り一帯に広がった。目の前にいたジョージに炎がかかり、周囲にいた学生たちから悲鳴が上がる。マホロ自身もびっくりして、炎のあまりの激しさに腕で顔を覆ってしまう。炎は生き物のように横一直線に一気に伸び広がり、少し離れた場所の大木に燃え移った。何人かの学生に燃え移り、いっそう勢いを増して炎の柱が生じる。

「馬鹿！　火を止めろ！」

誰かがマホロの身体を羽交い締めにして、怒鳴っている。その声がレオンだと気づき、マホロは恐怖で歯を鳴らした。止めたいのに、止め方が分からない。杖を放そうとしても、ガチガチに強張った手から、杖が離れない。

「アクアの精霊よ、我が声に応え、炎を鎮めたまえ！」

ノアの切迫した声の後、水飛沫《みずしぶき》が頬にかかる。ノアが生み出した水流とマホロの杖から飛び出た炎がぶつかり合う。ノアの放った水流は、とぐろを巻いた蛇の形に変化した。蛇は炎に襲いかかり、なおも巨大化していく。

「おかしい、何だこれは」

ノアが不審げに呟き、杖を横に振る。水でできた蛇が二つに分かれ、勢いよく炎を飲み込んでいく。レオンはマホロの強張った手から杖をもぎとろうとする。——心臓が締めつけられるように痛い。意識が朦朧《もうろう》として、四肢が硬直する。レオンが背後から拘束していなければ、倒れそうだ。

「アクアの精霊よ！　我が声に応え、火を消し去れ！」

オスカーが飛び出して、持っていた杖を大きく振る。すると、オスカーの杖の先から渦を巻いた大きな水流が放出された。それは一瞬にして空高く舞い上がり、雨のごとく辺り一帯に水を落とした。広がった炎を一瞬にして消し去るほどの水魔法で、マホロたちはずぶ濡れになる。

「えっ⁉　どうなってる……」

オスカーの呆気にとられた声と、頭から水を被ったことで、マホロの身体からようやく力が抜けた。もう杖からは何も出ていない。辺りは悲惨な状況に陥《おちい》っていた。芝生は焦《こ》げ、大木は枯れ木に変わり果て、火傷《やけど》を負っている学生や倒れている学生がいた。

マホロはレオンの腕の中で、呆然とした。

「おい、マホロ……っ」

ノアがマホロの顎《あご》を摑み、強引に顔を向かせる。ノアは興奮と驚愕、信じられないものを見るような目つきでマホロを凝視していた。それはオスカーとレオンも同じだった。オスカーは杖を持った手を下ろし、マホロを覗き込んでいる。

「今の力は一体何……？　あんな強い水魔法が使えたの、初めてだ」

オスカーの瞳に射貫《いぬ》かれ、マホロはおろおろと首を振った。マホロにも分からない。どうしてあれほど炎が暴走したのか。

「とりあえず、話は後だ。怪我人《けがにん》と、事態を収拾しなければ」

固まっていたマホロたちを、ノアが横から遮った。そう言われて、レオンがやっとマホロを自由にしてくれた。どうしてこうなったか原因不明だが、他の学生を傷つけたのはマホロだ。どうしようと混乱で目の前が暗くなるなか、マホロはのろのろと動きだした。


怪我をした学生を助け起こしているうちに、校舎のほうから校長が箒《ほうき》で飛んできた。校長は惨事を見るなり、ジョージや回復魔法を使える学生と共に、火傷や怪我を負った学生を癒していった。

マホロの隣にいたザックは腕を火傷していたが、校長の回復魔法で元通りになった。

マホロ自身も、杖を持っていた手に裂傷を負っていたのを、オスカーが回復魔法で癒してくれた。血が止まると、ぽんとマホロの頭を叩いてくる。

「この世の終わりみたいな顔しているな。わざとやったわけじゃないんだから、そう気落ちしないの」

オスカーはいつもの明るい笑顔をマホロに向ける。落ち込んでいる時に優しい言葉をかけられると余計に苦しくなって、マホロはなかなか顔を上げられなかった。

「これはとんだ状況だ。マホロ君、校長室に来なさい」

校長は辺り一面焼け野原になったのを見やり、マホロに顎をしゃくる。マホロはひどく落ち込んだまま、校長の後について歩いた。杖は取り上げられ、同級生だけでなく、上級生からも奇異の目を向けられる。

「――さて。どうしたものか」

校長室に行き、ソファに座ると、校長が困ったように唸り声を上げた。マホロは青ざめてうつむき、「申し訳ありませんでした……」と呟いた。

「最初の授業で、暴走するのは珍しくはないけどね。君の場合、規模が問題だ。正直に言って、ありえない力だよ。何しろ、この窓から火柱が見えたくらいだからね」

校長は窓を指差し、自嘲気味に笑った。校長室の窓からは演習場の一角が見える。

「まぁ死人が出なくてよかったと思うべきかもね。死者を蘇らせる魔法は持っていないから。君の授業には私も参加すべきだったな。初回からここまで力を発揮するとは予想できなかった」

考え込むそぶりで、校長が顎に手を当てる。退学と言われたら甘んじて受け止めるしかない。怪我人も出したし、自分で収拾することもできなかった。何よりも魔法で人を傷つけたことへの恐怖があった。これまで自分にあんな力があるなんて知らなかった。

死刑判決を待つ受刑者のように、マホロは背中を丸めていた。校長は思案するように、腕を組んで目を閉じている。

ふいにノックの音がして、マホロはびくりとした。校長が返事をする前にドアが開き、ノアを先頭にレオンとオスカーが入ってくる。

「呼んでないのに、やってきたよ」

校長は三人の顔を見るなり、うんざりしたように言った。ノアは気にする様子もなく、ずかずかと前に進み、校長の向かい、マホロの隣のソファに勝手に腰かける。

「校長、こいつを退学とかにしないですよね？」

前のめりになったノアに聞かれ、校長が顔を引《ひ》き攣《つ》らせる。

「こいつには、何か特別な力があります。増幅器、というのかな。こいつの傍で魔法を使ったら、いつもより威力が増すんです」

ノアは目をぎらぎらさせて、校長に訴える。背後に立っていたオスカーが「俺もそれは感じました」とつけ足す。

「校長、こいつの個別指導、俺にやらせてもらえませんか？」

ノアが思いがけない発言をして、マホロはびっくりしたが、後ろにいたレオンとオスカーも唖然としている。校長に至っては、苦虫を噛み潰したような表情だ。

「……まず、マホロ君は退学にはしないと言っておこう。だが彼は監視対象とする。力の暴走を校内で起こされたら大問題だからね」

校長に滔々《とうとう》と言われ、マホロは安堵する反面、がっくりきた。自分が監視対象になるなんて、サミュエルに何と報告すればいいのだろう。

「次に、マホロ君は今後、魔法に関する授業は個人レッスンにする。他の学生とは力の差がありすぎるから。最後に、マホロ君に個人レッスンするのは、校長であるこの私。ノア、君の魔力がすごいのは理解しているけれど、君はここでは、あくまで学生だからね」

校長にじろりと睨まれ、ノアが鼻で笑う。

「まぁ、個人的にマホロ君をかまうのは、勝手にやってくれたまえ」

にやりと校長に笑われ、ノアが「分かりました」と頷く。何が分かったのか、分からない。

マホロはおろおろして校長を見た。退学ではなかったのは幸いだが、自分はこの先、一体どうなるのだろう。

「本当は三年生からつけるものだけど、君には特別に今、授けよう。君には常に傍に監視が必要だから」

校長は杖を取り出すと、床に向かって何か魔法陣のようなものを描きだした。聞いたことのない呪文を唱え、杖で床を叩く。呪文の中にマホロの名前が何度か出てきた。何だろうと覗き込むと、魔法陣からもくもくと煙が上がり、何かが生まれた。

「わ……っ」

突然現れた白い生き物に、マホロは腰を浮かせた。魔法陣の中に、真っ白なチワワがいる。大きな耳とつぶらな瞳で尻尾《しっぽ》を振り、マホロに駆け寄ってくる。

「チワワか。白ハムスターから昇格じゃないか」

ノアがぷっと噴き出し、肩を揺らす。白いチワワは軽やかにマホロの頭に飛び乗り、ぷるぷると震えた。

「こ、これは……？」

マホロは頭の上で震えているチワワに戸惑いながら、校長を窺《うかが》った。

「使い魔だよ。ちょっと小さいのが心配だなぁ。この学校では、三年生になるとそれぞれの適性にあった使い魔を授与するんだ。三年生にもなると上級魔法を学ぶ者もいるから、それが暴走しないように見張るという役割があるんだ。血の契約をしてくれたまえ。そうしたら君と回路が繋がる」

マホロは校長に指示されて、頭の上にいる白いチワワに指を差し出した。するといきなり、がぶりと噛まれる。

「いったーっ!!」

慌てて手を引っ込めると、噛まれて血が出ている。何て凶暴だろうと慄《おのの》いたが、これが血の契約らしい。

「その子は常に君の傍にいて、君が暴走しそうになったら私に知らせるようにしてある。使い魔

だから毎日の餌《えさ》はいらないけど、たまに君の生気を吸うから、不健康な生活は控えてね」

そう説明されたが、ノアたちの犬と違ってこのチワワは震えてばかりで心配だ。

「名前は自分でつけて」

校長に言われ、考えた末に「じゃあアルビオンで」と名前をつけた。白いという意味の言葉だ。監視対象というので誰か大人が常について回ると思っていた。チワワなら一緒にいても、ストレスにはならないかもしれない。

「じゃあ、アルビオン頼んだよ。マホロ君、今日はとりあえず部屋で謹慎するように。君たちも、ほら行った、行った」

校長が手を叩き、終わりの合図をした。退学にならず、反省文も命じられず、拍子抜けした。ノアやレオン、オスカーたちと一緒にマホロは廊下へ出た。

頭に乗っているチワワは思ったより軽い。ノアたちが怖いのか、しきりにびくついている。

「マホロ」

名前を呼ばれ、マホロは振り返った。ノアが両肩を強く摑んでくる。

「お前、魔法クラブに入れ」

すごい迫力で迫られ、マホロは背中を反らせた。

「お前には何かある。俺が惹《ひ》かれるのはそのせいだ」

「おい、こいつに魔法を増幅する力があるから、興味が湧いただけだろ」

レオンが眉根を寄せてノアの腕を押さえる。

「そうだよ、それが悪いか？」

悪びれもせずノアが言い返し、レオンが怯《ひる》んだ。しばし二人は睨み合って、場の空気が張り詰めた。真面目なレオンはマホロを心配しているのだろう。

『クーン、クーン……』

頭に乗っていたアルビオンが切なげに鳴き始めた。震えながらくんくん鳴く様子にオスカーが笑いだして、マホロは顔が赤くなった。今、アルビオンと共鳴していた気がする。使い魔とは気持ちがリンクするものなのだろうか。

「そういやマホロは、最初魔法クラブに入るつもりだったんだよね？　その後、申し込んでこなかったけど。よかったら、入ったら？　俺も賛成する。今年は六人入れるってことでいいじゃん？　可愛い子がクラブにいると、テンション上がるし」

オスカーがノアとレオンの仲をとりなすように、明るく言う。マホロは一瞬そうしようかと考えたが、クラブで力が暴走する自分を想像して気持ちが沈んだ。

「すみません。せっかくですが、俺は入る気はないんで……。あの、ご迷惑かけてすみませんでした。俺、もう行きます」

マホロは頭を下げて、小走りで廊下を進んだ。最初の魔法の実技はとんでもない目に遭った。これから先が不安で、足取りも重くなる。

「マホロ！　大丈夫だった⁉」

部屋に戻ると、ザックが心配して待っていてくれた。ザックは頭に乗った使い魔を見て、目をハートにする。

「えっ、それ使い魔⁉　どうしたの、それ！　可愛い！　小さい！　触らせて！」

ザックがすごい勢いで駆け寄ってくると、アルビオンは瞬時に頭から飛び降りて、二段ベッドの下に潜り込む。怯えているようだ。ノアたちの使い魔とは違いすぎて、心配になる。

「おーい、出ておいでー」

ザックはベッドの下を覗き込み、何度も呼びかけている。

「ザック、ごめんね。俺のせいで火傷を……」

マホロはアルビオンに声をかけるザックに頭を下げた。

「え？　ああ、ぜんぜん大丈夫だよ！　火傷の痕も残ってないし。それにしてもマホロの魔法がすごすぎてびっくりした。ボールドウィン家の血筋ってすごいんだね」

ザックは気にした様子もなくけらけら笑っている。

「僕はいいけど、なんかキースがすごい悔しそうにマホロを見てたよ。マホロの魔法がすごいんで、ライバル心燃やしたのかも」

思い出したようにザックに言われ、マホロは眉を下げた。

「はぁ……そうなんだ」

マホロは二段ベッドの下段の自分のベッドに寝転がり、今日の出来事を反芻《はんすう》した。他の学生に怪我をさせる気などなかったのに……。回復魔法がなければ、今頃どうなっていたか。改めて魔法を怖いと思い、これから先の授業が憂鬱《ゆううつ》になった。よく考えれば、軍で扱っている兵器の一つなのだ。怖いに決まっている。

横になっていると少しだけ気分が落ち着いてきた。それに呼応するように、ベッド下に隠れていたアルビオンがそろそろと姿を現し、マホロの腹の辺りで丸まって眠り始めた。使い魔なのに、温かいし重さもある。

アルビオンを感じながら、マホロは眠っているふりをした。


魔法実技の授業で力が暴走した話はあっという間に学校中に伝わり、他の学生からじろじろ見られる羽目になった。しかも一年生にも拘《かかわ》らず使い魔を伴っているので、嫌でも人目を引く。アルビオンはいつでもマホロの後ろをついてまわり、どんなにダッシュしても必ず追いかけてくる。小さい脚で懸命に追ってくるので、置いていくのが可哀想になり、走る時は頭に乗せるようになった。魔力暴走の件もあって、ジークフリートについての調査は進んでいない。サミュエルにどう言い訳すればいいか、白紙の便箋《びんせん》の前で悩む日々が続いた。

校長による魔法の授業は、毎回野外で行われた。

「じゃあ、この蠟燭《ろうそく》に火をつけていって。一つずつね」

校長は黒いマントに身をやつし、台の上にずらりと並べた長い蠟燭を指し示す。マホロは杖を持ち、緊張の中、蠟燭に火を灯そうとした。

『キャルルル』

呪文を唱えたとたん、アルビオンが爪でマホロの頬を引っ掻く。けっこう痛くて飛《と》び退《の》くと、杖の先から大きな炎が飛び出る。五十本並んだ蠟燭すべてに火がついて、杖の先にもまだ炎が出ている。

「消さなきゃ……、わっ」

焦るとアルビオンに手をがぶりとやられて、痛くて悲鳴を上げた。そのおかげなのか炎は消えたが、手の甲に血が滲《にじ》んでいる。先ほどまでぷるぷる震えていたくせに、急に凶暴になるなんて、これは使い魔だからだろうか。

「マホロ君。君は大量の燃料を備蓄しているタンクのようなものなんだよ。魔法を使う時は、ほんの一滴使うだけでいいんだ。コントロールを覚えなさい」

校長は厳しい顔つきで、杖をくるりと動かす。とたんに蠟燭に灯っていた火がすべて消えた。

もう一度、と校長が命じる。

「イグニスの精霊よ。我が呼びかけに応えて、火を灯せ」

マホロは深呼吸を繰り返して、もう一度呪文を唱えた。即座にアルビオンの爪が頬を引っ掻く。先ほどよりはマシだが、やはりすべての蠟燭に火がついてしまう。

「アルビオン。傷をつけるのは腕だけにしておきなさい。可愛い顔が台無しだ」

何度も何度も繰り返しているうちに、顔や腕は傷だらけになった。呪文を唱えるたびに牙や爪を剝き出しにするアルビオンが恐ろしくて、コントロールどころではない。

二時間ほど同じ呪文を繰り返し、最後の炎は最初の半分くらいの勢いになった。それでも五十本の蠟燭のうち三分の二程度には火がついてしまう。

「はいお疲れ。じゃ、次の授業で」

校長は褒めもけなしもせず、マホロの肩を叩いて去っていった。マホロはぐったりして校舎に戻った。

「マホロ、大丈夫？」

次の教室に移動する途中で、ザックに心配そうに言われた。よほど疲れた顔をしているらしい。大丈夫と答えたものの、剣術の授業ではろくに剣も振れなかった。一生懸命他の学生と合わせているつもりなのに、体力が続かなくてどうしても遅れてしまう。しかも校長から事情を聞いているようで、アンドレがずっと隣についている。いずれ剣に魔法石を嵌め込んで使うようになるのだ。あの時のような事故がまた起こるのではないかと考えると憂鬱になった。

毎日、魔法の個人授業が続き、精神的に滅入って仕方ない。

ただでさえ、他の学生より出来が悪いのに、やってもやっても成長していない感じが、絶望感を抱かせる。日曜日もひそかに魔法の練習をしているのに、一向に進歩がない。少し前までは学校生活が楽しかったのに、今ではつらい。

放課後、図書館に行き、哲学書を読んでいるうちに悲しくなってきた。

哲学はマホロには難しすぎた。内容がよく分からないし、作者の伝えたい真の意味がさっぱり入ってこない。個人的に読んでいる本さえ理解できない自分が駄目に思えて仕方ない。

「マホロ・ボールドウィン」

目の前に影ができたと思った矢先、声をかけられ、マホロは顔を上げた。いつの間にかレオンがいてマホロを見下ろしていた。

「あの、どうも……。マホロでいいです」

暴走した際に世話になったのを思い返し、マホロは立ち上がって頭を下げた。レオンは周囲を気にするようなそぶりで、マホロの隣に腰を下ろした。

「一つ、聞きたい。ノアがつきまとっているようだが、迷惑ではないか？　もし迷惑ならやめるよう言うが」

窓際で本を読んでいる学生に聞かれないようにしてか、レオンが小声で尋ねてくる。

マホロはまじまじとレオンを見た。レオンはマホロを心配しているらしい。上級生に言い寄られて逆らえずにいるのではないかと。

「は……。あ、いえ……」

「迷惑……というか、なんというか……」

マホロは困って言葉を濁した。迷惑だと言えば、レオンはすぐにでもノアを牽制《けんせい》してくれるのだろう。だがそれはレオンとノアの仲を悪くするのではないだろうか。ノアに迫られて困っているのは確かだが、レオンに頼んでやめさせるのは何か違う。

「お前がノアを好きなら、俺は何も言わない。だがあいつはこうと決めると突っ走るところがあるから……」

レオンは腕組みをして、眉根を寄せる。その言い方に、この前は言い争っていたが、レオンとノアは互いを理解しているのだと気づいた。

「お前、ジークフリートの屋敷にいたんだろう？　オスカーから聞いた」

マホロはハッとして、本を閉じた。

「ジーク様について何か、ご存じですか？」

期待に満ちた眼差しでマホロが言うと、レオンは周囲を窺って腰を浮かせた。ここでは話しづらいという意味だろう。マホロは頷いて司書のアンに本を返却しに行った。

図書館の外で、レオンが待っている。急いで駆け寄ると、歩きながらレオンが話し始めた。

「ジークフリートの失踪について調べているんだってな。——ジークフリートはおそらくこの島について調べていた」

この島……クリムゾン島について？

マホロはいぶかしげにレオンを見返した。

「立ち入り禁止区の湖とか、森とか……。学校の敷地は、この島の三分の一しか使っていないだろう。島の東側には魔法壁が張ってあるという話もある。そこには森の人と呼ばれる一族がいるとか、特殊な生物もいるとか」

レオンは島の東側を指し示す。

ジークフリートは何故この島を調べていたのだろう？　ジークフリートは退学する前、森の奥で十日間行方不明になっている。そこで何か見つけたのだろうか。それに学校の敷地が島の三分の一しか使っていないなんて知らなかった。だとすると、この島はマホロが思うよりもっと広いのだ。

「立ち入り禁止区って、どうして立ち入り禁止なんですか？」

マホロは首をかしげた。湖の周囲には結界が張ってあったし、森の奥にも結界があるらしい。

「マホロ、間違ってもまた立ち入り禁止区に入るなよ。二度やったら確実に退学だぞ」

レオンに凄まれ、マホロは慌てて首を引っ込めた。もちろん、もう入る気はない。

「……ノアが他人に興味を持ったのは初めてだ」

校舎に続く渡り廊下で立ち止まり、レオンはしげしげとマホロを観察した。

「あいつは少し感情が壊れてるところがあるんだが、他人に執着するのを見るのは初めてだ。俺はお前を心配しているのかもしれない」

物憂げなレオンに囁《ささや》かれ、マホロは胸がざわざわして何も言えなくなった。ノアの自分に対する態度は単なる好奇心とか興味本位だと思うが……。

「ノアで困ったことがあったら、俺に言え。お前はああいうタイプに逆らえなさそうに見えるから心配だ」

レオンは鼻を擦ると、かすかに微笑んで言った。怖い人かと思っていたが、優しい人なのだ。

マホロは礼を言って頭を下げた。

秋晴れの空の下、マホロは演習場の一角で、校長の前で杖を振るった。

火の精霊イグニスの名を唱え、蠟燭に火を灯す。五十本あるうちの四十本に火がつき、息を乱して肩を落とす。近くの草むらでその様子を眺めていたアルビオンがあくびをする。

先週、ようやく火が灯る蠟燭の数を半分まで減らせたのに、今週になって再びコントロールができなくなった。マホロは一本だけ火を灯すつもりでいるのに、どうしてもほとんどの蠟燭に火がついてしまう。魔法を使う才能がないのだ。

「うーん……」

校長が困ったように眉間《みけん》を揉む。まったく成長しない魔法につきあわせるのが申し訳なくて、マホロはうつむいた。

「すみません……」

足元の雑草に視線を落として、マホロは消え入りそうな声で謝った。鳥が頭上を横切り、風が頬を撫でる。蠟燭の火がゆらゆら揺れて、マホロを嘲笑っているみたいだ。

「マホロ君、君さぁ。ぜんぜん楽しそうじゃないね」

ぽんと頭を叩かれ、マホロは反射的に顔を上げた。校長が苦笑して自分を見ている。

「楽しい……？」

思いがけない言葉に、マホロは眉根を寄せた。

「そうだよ。だって魔法だよ！　わくわくするだろ？　しないの？」

校長は大きく手を広げて、にっこり笑う。言っている意味が理解できず、無言になるしかなかった。マホロにとって魔法は恐怖の代名詞になってしまっていた。

「魔法を使う時に必要なのは確固たるイメージだ。思いの力が重要と言われている。魔法を使う時に、精霊を呼び出すだろう？　精霊は楽しいことが大好きだからね」

校長が杖でマホロの周囲に何かの模様を描く。すると桜色の花びらが舞ってきて、マホロの頭や肩に落ちた。

「他の学生に怪我させたのが心に枷《かせ》を作っているみたいだなぁ。魔法回路がぐちゃぐちゃになってるんだよね。それにしても不思議だ。君の近くで魔法を使うと、確かに増幅される。増幅能力がある人間なんて聞いたことないけど」

延々と降ってくる花びらを手で受け止めながら、校長が首をかしげる。

魔法を使う時に楽しむなんて、考えてもみなかった。使うたびにまた暴発するのではないかと不安と恐怖しかなかった。マホロは、その境地に至れないのが、もどかしかった。

そういえば、入学式の時、校長が見せてくれた魔法を見て、心が浮き立ったっけ……。

「火から始めるのがよくないかもね。変則的だけど、土魔法からにするか。君はボールドウィン家の血筋だし、杖は必要ないだろ？」

校長はつと近くの茂みに行き、手近な草花を手繰《たぐ》り寄せた。

「はいこれ」

茂みから戻ってきた校長が、マホロの手に小さな種を数粒載せる。

「これを発芽させて、花を咲かせてみなさい。一粒、一粒、試すといいよ。杖は使わずに精霊テッラを呼び、命じるんだ。名前を呼んで、芽吹くのをイメージする」

校長に言われ、マホロは頷いて一粒だけ選ぶと、残りはハンカチに包んでポケットにしまう。

「精霊テッラよ。我が声に応え、この種を芽吹かせたまえ」

手のひらに載せた種を見つめ、教えられた呪文を唱える。すると種がぱっかりと割れ、中から若草色の芽が伸びてきた。それはあっという間に茎《くき》を伸ばし、みるみるうちに葉を広げる。手の中で信じられないスピードで生長していき、白い小さい花が咲いたと思った次の瞬間、枯れ始めた。

「こいつはすごい」

手の上ではらはらと花びらを散らす様を見て、校長も頭を抱えた。わずか一分足らずで、すべて終わってしまった。生命を刹那的《せつなてき》に終わらせてしまったことに、胸が痛む。

「花なら、一人でやっても問題ないだろう。私は校長室に戻るけど、マホロ君はここでしばらく特訓していなさい。アルビオン、頼んだよ」

マホロのためにあちこちから種を集めると、校長はそう言って背中を向けた。一人になって、種を見つめながら何度か挑戦したが、何度やってもあっという間に芽吹いてあっという間に枯れていく。しっかりイメージしているつもりでも、枯れるのを止められない。

いくつもの花を枯らすうちに、悲しくなってきて膝を抱えて泣いてしまった。何もかも上手くいかない。こんなんじゃ、きっとまた人を傷つけてしまう。

『クーン』

いつの間にかアルビオンが寄り添って、うるうるした瞳で鳴く。マホロは涙を拭《ぬぐ》って、ぼうっと空を眺めた。力のコントロールができないと、定期テストはどうなるのだろう。よほど才能がないと見捨てられない限り退学にはならないと聞いたが、第一号になるかもしれない。

「さぼりか」

ふいに背後から声をかけられ、マホロはぎょっとした。振り向くと、涼しげな顔のノアが立っていた。気配が全然なかった。

「ち、違います。上手くいかなくて……それで」

マホロは握っていた種を見せて、口ごもった。よく考えたら、今は授業中だ。ノアこそさぼりではないのか。

「発芽させる魔法か。ははぁ、火だと上手くいかないんで、土魔法から始めてるんだな」

ノアはマホロの手のひらの種を見ると、杖を取り出して、ちょんと突いた。すると種が芽吹き、茎が伸び、やがて紫色の蕾《つぼみ》をつける。そして、紫色の花が開花した時点で生長は止まった。リンドウの花だった。

「どうやって止めてるんですか？」

マホロはアドバイスが欲しくて尋ねた。

「それ以上を想像しない」

あっさりとノアが言い、リンドウの茎を手折り、マホロの耳にかけてくる。

「先輩のほうがよっぽど似合います」

男である自分に花を飾るなんて、変な人だ。マホロはそう思ったが、ノアは他人を魅了する微笑みを浮かべ、マホロの手首を摑んだ。

「そうか？　お前白いから、紫色の花が似合うよ。可愛い」

ノアに笑って手を引っ張られ、マホロは呆れて肩を落とした。

「こっち、来い」

ノアが演習場の奥へとマホロを引っ張っていく。整地され芝生を敷き詰めた一角を出て、森に連れていかれる。手つかずの自然な状態の木々が立ち並ぶ。アルビオンは短い脚でちょこちょこと追いかけてくる。演習場の先には立ち入り禁止区があるはずだが、ノアは勝手知ったる様子でマホロを連れ回す。

「――なぁ、この島ってずいぶん警戒が厳重だと思わないか？」

ノアがようやく手を放してくれたのは小高い丘の上で、ローエン士官学校と同じくらいの高さがある場所だった。ここからなら南の方角にある湖がわずかに見える。初めて訪れる場所だ。

「え……確かに」

マホロはきょろきょろと珍しげに周囲を見回し、頷いた。学生を守るため島内に配置されているという兵士の数は多く、まるで学校ではなく軍事基地のようだ。

「何でか、知ってる？」

ノアに試すように聞かれ、マホロは考え込んだ。これまでは自分たち学生を守るためだと思っていたが、この様子では違う。ノアは草の上に腰を下ろし、長い髪を紐《ひも》で縛る。答えを聞きたくて、マホロは仕方なくノアの隣に腰を下ろした。

「――軍にとって重要なものが、この島に隠されている」

ノアの唇が近づき、小さく耳打ちされる。マホロは目を見開いて、ノアの整った面立ちを見つめた。

「島の東側に秘密の場所があるんだ。実は俺は小さい頃、一度だけ行ったことがある」

ノアの指につられるようにマホロは島の東側に顔を向けた。島の東側に……秘密の場所？

「何が隠されているんですか？」

ひょっとして、ジークフリートの失踪と関係があるのではないかと、マホロは性急に尋ねた。

「この島には森の人が住んでいるって知ってるか？　彼らは独自の文明を持っていて、独立した部族だ。そこで俺は……」

ノアは何かを思い出したように、顔を歪めた。あまりいい記憶ではなかったらしい。気になって覗き込むと、にやりと笑われる。

「湖の底には魔法石を隠してるって話もある。そういえばジークフリートもあそこを気にしてたんだよな……」

ノアの独り言めいた呟きに、マホロは鳥肌が立った。レオンも言っていた。ジークフリートは島について調べていたと。

（待てよ――。ジーク様は、森に十日ほど消えたと言っていた。まさか、今でも森にいるとか――

いや、そんな馬鹿な、島から出た記録があるんだし、島にいるはずがない……でも、ジーク様の消息はまったく摑めないとサミュエル様が言っていた。もし、今でもこの島にいるとしたら……森の人と共に暮らしているとか……？）

　ふいに頭の中に湧いた疑問に、マホロは動揺した。島内には立ち入り禁止区があって、マホロたちには入れない。けれどもし、ジークフリートがひそかにこの島のどこかに隠れている、あるいは監禁されているとしたら――。

（そんなこと、ありえるのかな？　けど、調べたくても調べようがない）

　失踪したジークフリートがこの島にいるかもしれないという発想――マホロはサミュエルにこの考えを知らせなければと思った。思いすごしならそれでもいい。自分にはどうにもできなくても、ボールドウィン家の力があれば、島の東側を捜索するのも可能ではないだろうか。

「お前、ジークフリートを尊敬しているみたいだけど、はっきり言って俺はあいつが好きじゃなかった」

　考え込んでいたマホロは、ノアのそっけない口調で我に返った。ジークフリートは優秀で、何もかも完璧にこなせる――そんな人を嫌うなんて、ふつうなら妬《ねた》みか嫉妬としか考えられない。だが、ノアはジークフリートと同じくらい優れていて、トップに立つ人間だ。

「ジークフリートは人の心を操るところがあった。傍にいる人間を、自分に従わせるために洗脳するっていうか。魔法クラブに入って、すぐそう思ったよ。俺は誘われても断ってたけど、ジークフリートは、何ていうか、感情が――」

ノアは言い淀んで目を細める。

「心――が氷のように冷たい一面がある」

心情を吐露するノアに、マホロは釘付けになった。ジークフリートを悪く言う人間がいたら、ジークフリートの矜持《きょうじ》を守るため反論しなければならない。ずっとそう思っていたのに、胸の辺りに鉛のように重苦しいものがあって、言葉が出てこなかった。

――こいつは鞭打《むちう》ちの罰を与えよう。

薄明かりに照らされた部屋の中での、ジークフリートの声が脳裏に蘇る。

待って下さいと言いかけたマホロに酷薄な笑みを浮かべ、ジークフリートは冷酷な眼差しで使用人の男を屋敷の地下室に運ばせた。

――私は私のものを勝手に弄られるのは我慢ならないんだよ。マホロ、これはもうお前の問題ではない。私の問題なのだ。

反論を許さない静かな声音で、ジークフリートはマホロの頬を撫でた。使用人の一人とマホロが仲良くなった時のことだ。マホロは誰にも言っていなかったのに、ジークフリートはどこからかそれを察して問題の使用人を呼び出した。

ボールドウィン家におけるマホロの存在は特殊だった。マホロと親密になったり、逆に悪さをしたりする人間はすぐにジークフリートに解雇されるか、ひどい仕打ちを受けた。何故ジークフリートがそこまでマホロを特別扱いするのか分からなかった。マホロは他人に害が及ばないよう一人を好むようになり、使用人たちはマホロを避け、マホロは次第に孤立した。マホロの世界には、ジークフリートだけが君臨していたのだ。

(この学校に来て……俺は気兼ねなく誰とでもしゃべれるようになった)

マホロは膝を抱えて、唇を噛んだ。

(ジーク様に申し訳ない……。あんなによくしてもらったのに、俺ときたら解放感を覚えているなんて)

ボールドウィン家にいた頃を思い出すのがつらくなり、マホロは首を振った。

「ところで今さらだが、門限破りしたあの時、湖の結界を破ったんだろ? 何を見た?」

思考に囚われていたマホロの肩を掴み、ノアが鋭い視線を向ける。ノアは湖での出来事をずっと気にしているようだ。あの時もしつこく聞いてきた。

「よく分かりませんけど……湖の上に青白い炎を見た気がして……。あと、マリー先生らしき人を」

最初はジークフリートと勘違いしたことは明かさずに、マホロは語った。今なら何を見たか話してもいいだろう。ノアの目がますます光り、興奮を湛《たた》える。青白い炎が何か知っているのだろうか? 不安になってノアを見つめると、にやりと笑ってポケットから種を出せと言われた。

「お前、花は好きか? これは多分ネモフィラだ。青くて小さい花。分かる?」

ネモフィラはボールドウィン家の庭にも咲いていた花なので、マホロもイメージできた。ノアは種を持ったマホロの手に手を重ね、吐息がかかるほど顔を近づける。

「花が咲いているところ、イメージして。頭の中で、それを絵にする」

ノアに誘導されて、マホロは目を閉じると頭の中にネモフィラを思い描いた。小さな笑い声が聞こえて、ノアの手が離れる。目を開くと、手のひらにネモフィラの花が咲いていた。枯れていない。マホロは目を輝かせた。

「できた……!!」

それまでまったく成果が上がらなかったのもあって、叫びだしたいほど嬉しかった。手のひらの花が愛おしくて、無意識のうちに笑みがこぼれてしまう。

「──なぁ」

ふっとノアの声が聞こえ、目を上げた時には、ノアの唇に唇をふさがれていた。一瞬何が起きたか理解できず硬直して、慌てて後ろに飛び退く。──キスをされた。開かずの間の濃密な口づけを思い出し、カーッと頬が熱くなる。

「悪い。可愛いからしたくなった」

ノアはいたずらっぽく笑い、マホロを見つめる。マホロは口をぱくぱくさせた。ネモフィラの花が地面にふわりと落ちる。怒っていいのだろうか。勝手にキスをするなんて──。

「──俺にキスされるのは嫌か?」

文句を言おうとした矢先、再びノアの顔が近づいて尋ねられて、耳まで熱くなった。後ろへ下がろうとすると、すかさず腕をとられる。

「俺はお前にキスしたい。俺の目を見ろ、こんな美しい顔が迫ってるんだ。うっとりしてうんと言え」

綺麗な顔に見つめられ、マホロは焦った。宝石のような瞳を見ると吸い込まれそうだ。いけない、いけない。この先輩は男で、自分も男だ。必死に冷静になろうと努め、ノアを睨み返す。

「俺は別にキスしたくないですから！」

ノアの瞳は強烈で、必死に睨み返しても、まったく通用しない。これ以上傍にいるとまた丸め込まれてしまう。マホロは腕を振り解くと、この場から逃げようとした。

「待てよ」

数歩足を動かした時点で、素早くまたノアに腕を摑まれる。ノアはマホロの二の腕を捉え、引き寄せて覗き込む。どうしてノアは自分に執着するのか。力が増幅されるというだけで、こんなふうに興味が湧くものなのだろうか。

「何で俺は、お前がこんなに気になるんだろうな」

ノアは小さく呟き、怖いくらいに強くマホロを見つめてきた。放してほしくて腕を引っ張ったが、びくともしない。綺麗に見えてもノアの身体は立派な男性のそれで、貧弱な自分とは比べものにならない。

「マホロとセックスしたい」

ノアは顔を近づけて、マホロの髪の匂いを嗅《か》ぐ。びくりとなり、マホロは頬を紅潮させて唇を嚙んだ。直接的な言葉に心臓が爆発しそうだ。本気で言っているのかと、マホロはおそるおそるノアを見上げた。真剣な顔で見返され、動揺する。この人は、自分を抱きたいと言っているのだ。相手なんて選び放題の容姿と出自を持っているのに。ノアの吐息が耳朶《みみたぶ》にかかり、身体から力が

抜けそうになった。

「最近お前のことばかり考えている。お前が他の奴といると、気に食わない。特定の誰かにこんなふうに思うのは初めてだ。っていうか、何でお前は俺を好きにならない？　いつも誰もが俺に惹かれるから、どうやったら好かれるのか分からない」

本気で悩んでいるのか、ノアは困ったように言い募る。すごい発言だと半ば呆れ、マホロはそーっと腕を外そうとした。けれどノアの力が強くて外せない。

「どうしたらお前は俺を好きになるんだ？　なぁ、一度俺に抱かれろ。深い場所で繋がれば、何か分かるはずだ。遊びで言っているわけじゃない。お前のこと、大事にするから」

ノアの腕が背中に回り、抱きしめられる。抵抗しなければならないのに、身体が震えて、立っているだけでやっとだ。

（ど、どうしよう――……）

誰かに熱烈に求愛されるのなんて初めてで、マホロは心臓が口から飛び出そうだった。ノアの熱は嫌ではなかったが、だからといっていいわけでもない。

「やめ、て、下さい……困ります」

マホロは声を振り絞ってそう言うと、ノアの胸を押し返した。

ノアは抗わずに腕を解き、マホロを自由にしてくれた。

「俺、そういうの困ります」

ノアに背中を向け、マホロは校舎に向かって走った。ノアから遠ざかるに従い、安堵に似たものを得る。どうしてノアが自分を求めるのか分からないが、あの美しい人と自分が恋仲になるなんて、それこそありえない。第一ジークフリートにばれたら、恐ろしい目に遭う。マホロではなく、ノアが——。

昔、マホロに性的な行為を施そうとした貴族がいた。サミュエルの知り合いで屋敷に招かれた中年男性で、少年を愛《め》でる趣味があった。その貴族はサミュエルにマホロを一晩借り受けたいと申し出た。サミュエルはやんわりと断ったので、その件はそれで終わると思われた。

しかし数日後、その貴族が事故で亡くなったとジークフリートから教えられた。

ジークフリートの思わせぶりな言い方から、貴族は事故で亡くなったのではないとマホロは察した。ジークフリートはマホロに対して狂気的な一面を見せる。ジークフリートは失踪したが、視《み》えない鎖は今でもマホロを縛っている。これ以上ノアに近づくのはやめようと、マホロは高鳴る胸を押さえて思った。

8 真実の闇

少しずつ肌寒くなり、季節は秋から冬へと移ろっていた。魔法の授業は一進一退を繰り返し、体術や剣術の授業も補習を受ける日が続いた。一カ月後の十二月の頭には定期テストがあり、そこで成績が悪いと、冬季休暇には山ほど宿題を出され、追加補習もあると聞いた。マホロは毎日必死に授業に食らいついていた。

そんなマホロの元に、サミュエルから手紙が届いた。

『報告ご苦労。ジークの件はこれ以上の調査は不要。そのままローエン士官学校での生活を続けるよう』

手紙には達筆でそう書かれており、マホロはしばらく手紙を凝視した。

サミュエルにはジークフリートがもしかしたら島内にいるのではという手紙を送った。その返答がこれとは、釈然としない。

(ジーク様の調査は不要って、どういうことだろう？　まさか見つかったとか？　いや、だとしたら手紙で知らせてくれるはずだけど)

奇妙な手紙に困惑するばかりだ。理解できないが、このまま学校にいろというなら、全力で学力向上に励むしかない。

「マホロ。今日、暇なら魔法クラブに参加しない？」

日曜日の午後、私服姿で教科書を抱えるマホロに、ザックが話しかけてきた。ザックは未《いま》だにマホロを魔法クラブに誘ってくる。仮入部でもいいからというが、ノアに会いたくなかった。今日は監視役のアルビオンがいないので、図書館で勉強に励もうと思っていた。先ほど校長が来て、「アルビオンのメンテナンスをする」と言って連れ去ったのだ。今日は絶対に魔法を使わないよう、言い渡されている。

「ごめん。勉強しないとやばいから」

いつものようにマホロが断ると、がっかりしたザックが頭の上で腕を組む。

「ノア先輩が落胆しちゃうなぁー。マホロのこと誘えっていつもうるさいんだから」

ノアの名前が出て、マホロはうろたえる。ノアはあれだけ断っても諦《あきら》めてくれないのだろうか。ノアの間の取り方や行動が予測できなくて、不安になる。この前はいきなり口づけられたし、不《ふ》埒《らち》な誘いもする。二人きりになるのが怖い。

「ま、でもノア先輩と話せるからいいんだけど」

「え？」

マホロが聞き返すと、ザックが舌を出す。

「ノア先輩って僕には結構話しかけてくれるから、優越感だよ。といっても、マホロの話ばっかりなんだけどさ。マホロがどういうの好きかとか、マホロの趣味とか、根掘り葉掘り聞いてくるよ。マホロ、マジでモテるね。あんな綺麗な人に誘われたら、僕なら何でもオッケーしちゃうな」

　マホロは唖然とした。

「な、な……、……何、話したの？」

　ノアがザックから情報を探っていたとは知らず、胸が騒いだ。ザックの前では警戒していなかった。ノアにキスされた話は絶対にしてはならないと肝に銘じた。

「当《あ》たり障《さわ》りのない話しかしてないよ。マホロってあんま趣味ないし。サンドイッチが好きらしいって話はしたかな」

　ザックにさらりと言われ、ホッとした。確かにサンドイッチが好きだ。ここではいろんなサンドイッチが食べられるので、飽きない。

「ノア先輩がマホロの話をすると、キースの機嫌が悪くなる。それがけっこう快感。いやー高飛車なお貴族様が嫉妬に燃える姿を見るのは気分いいねー」

　笑いながらザックが手を打ち、マホロはキースに同情した。ザックに変な話はしないでと釘を刺し、寮を出る。

（ノア先輩、嫌いじゃないんだけど……）

　恋愛なんて自分には、不要なものだ。第一、今の自分は成績を上げることが急務だ。

（それにしてもジーク様に関してもう調べなくていいなんて。失踪の原因もはっきり突き止めたわけじゃないのに……）

ジークフリートの失踪について考え始めると、開かずの間で見つけたファイルの人物を嫌でも思い出してしまう。ジークフリートにそっくりな顔立ちのアレクサンダー・ヴァレンティノ。ジークフリートがもしあの開かずの間に入り、あのファイルを見たらどう思っただろう？

サミュエルには調査不要と言われたが、想像を止めるのは無理だった。もう一度あの開かずの間に入れたら――。そんな思いを抱き、マホロは図書館へ向かった。

「マホロ君」

廊下の途中で声をかけられ、マホロは振り返った。背後にマリーがいた。胸の大きさを強調するようなワンピースの上に、白衣を着ている。マホロの目を覗き込み、にぃっと笑う。

「日曜日も勉強するの？　少しは休憩しなきゃ駄目よ。ねぇ、いいお茶が手に入ったの。お部屋に来ない？」

マリーは艶《つや》めいた眼差しでマホロの腕をとった。

「でも、勉強が……」

マリーと二人きりになるのが嫌で、マホロは言葉を濁した。色気がありすぎて、苦手なタイプだ。

「大切なお話があるのよ。あなたのご主人様の話」

マリーはマホロの耳元に吐息を被せ、囁《ささや》いてきた。マホロは身体を硬くした。ご主人様――サミュエルの話だろうか？　それとも――……。

「いらっしゃい」

マホロの腕をするりと放し、マリーが背中を向ける。マホロが来ると確信している。マリーに近づきたくなかったが、マホロは仕方なくついていった。

マリーはカウンセリングルームに入ると、マホロをソファに座らせ、鍵をかけた。アロマを焚《た》いているのだろうか、柑橘系《かんきつけい》のいい匂いもする。

「ハーブティーを淹《い》れてあげるわ。あなたはリラックスするべきよ」

奥の棚から茶葉が入った缶を取り出し、マリーが微笑む。テーブルにガラス製のポットを置き、マリーが優雅なしぐさで茶葉を入れる。お湯が注がれ、カモミールの匂いがふわりと鼻孔《びこう》に届く。

「ねぇ。ジークフリート……、は、あなたをとても大事にしていたんですって？」

ガラスポットの中で茶葉がゆっくりと開いていくのを眺め、マリーがマホロの隣に座って口を開いた。

「あ、はぁ……。よくしてもらいました」

マホロはもじもじと手を握ったり開いたりしながら答えた。

「そう。でもあなたはあくまで従う立場よね？」

確認するように言われ、マホロは戸惑いつつ、こくりと頷いた。マリーはマホロが両親を亡くしてボールドウィン家に引き取られた事情を知っているらしい。満足げにマリーが微笑む。

「分かっていればいいのよ。ジークフリート様のために尽くしなさい」

マリーは優雅な手つきでポットのお茶をティーカップに注いだ。

「ジークフリート……様……？」

マホロは違和感を覚えて呟いた。かつては学生であったジークに敬称をつけるということは、マリーがジークに特別な感情を持っているからだ。

「私はジークフリート様の信奉者なの。そういう意味ではあなたと同志かしら？　あなたにはジークフリート様を知ってほしくて開かずの間の話をしたわ。知るというのは、身の程を知るという意味よ。あなたは重要な存在だけれど、あくまでジークフリート様の道具よ。それ以上は求めないでね」

マリーは自分で淹れたお茶に口をつけ、つんと顎《あご》を上げてマホロに言った。その視線に侮蔑を感じ、マホロはマリーが自分を蔑んでいるのを確信した。

「俺は……それ以上を求めるなんて……」

マホロは困惑した。ジークフリートの信奉者とは、どういう意味だろう？

「それでいいわ。——ジークフリート様は、もうじきここにいらっしゃる」

マリーは艶めいた微笑みを浮かべ、はっきりと告げた。

「え……？」

ジークフリートがここに来る？　マホロはますます混乱して、間抜けな面を晒《さら》した。何故ここに？　まさか本当に島にいたのか。いや、島にいたなら、来るとは言わないはずだ。第一、何故マリーがそれを知っているのか。マリーはジークフリートと個人的に連絡をとっているというのか。

「予定が遅れていたのよ。ようやく準備が整ったみたい。楽しみねぇ。マホロ君、お茶が冷めてしまうわよ」

マリーはうっとりと呟いた。くわしく尋ねようとした時、カウンセリングルームのドアがノックされた。ドア越しに学生の声がする。マリーは鍵を開けにドアに向かった。

「まぁ、どうしたの？　さぁ、入りなさい。悩み事なら聞いてあげるわ」

廊下には見知らぬ学生が立っていた。マリーは学生の肩に触れ、マホロを振り返る。

「マホロ君はもう帰るから。ね？」

聞きたいことは山ほどあったが、マホロは追い出されるようにカウンセリングルームを後にした。

（何なんだろう、一体）

マホロは困惑して、閉められたドアを見つめるしかなかった。


四時まで図書館で勉強してから寮に戻ろうと思っていると、上空に魔法団が使役している竜が飛んでいるのが見えた。野生の竜ではない証拠に、頭と背中に装飾をつけられている。竜は基本的に人の言うことを聞かず、人を襲う生き物だが、竜使いと呼ばれる一族にのみ従順だ。その竜が飛んでいるので、学生は皆ざわめきながら空を見上げている。竜は島の上空をぐるりと回り、島の東側に消えていった。

小さい頃にジークフリートと行った軍の式典で竜が飛んでいるのを見たことはあるが、普段、校舎や寮の上空を飛ぶことはめったにない。不穏な気配を感じて、マホロは渡り廊下を急いだ。十一月ともなると日が落ちるのも早くて、周囲は薄暗くなっている。寮の入り口にいるフクロウの横を通り、マホロは自室に戻った。まだザックもアルビオンもいなくて、部屋はがらんとしている。マホロは教科書を机に置いて、窓から外を眺めた。

鳥の甲高い声が響いたのは、その時だ。

『緊急警報、緊急警報。一年生ハスミヤカニ自室ニ戻リ、待機セヨ。二年生、三年生ハ帯剣シ、杖ヲ持ッテ演習場ニ集合。繰リ返ス、一年生ハ……』

結界を破った時に上空を飛んでいた尾の長い鳥が、甲高い声で繰り返している。鳥なのにその声は辺り一帯に響き渡った。竜が飛んでいることといい、何か重大なことが起きている。先ほどマリーの不穏な発言を聞いたせいもあって、不安が増幅された。

「マホロ！」

ザックが部屋に飛び込んで、マホロに抱きついてくる。

「何があったの？　クラブ活動が中止になったんだけど」

ザックは窓を開けて、外をきょろきょろ見る。

「俺も分からない。一年生は待機みたいだけど……」

ザックが戻ってきて、わずかながら不安が払拭《ふっしょく》された。マホロはザックの隣に立ち、同じようにも空を仰いだ。すると海のほうから竜が数頭、飛んでくるのが見える。やはり軍事用だ。

「ひゃー、黒竜！　かっこいー。でも何が起きたのかなぁ？」

ザックは不安げだ。竜はあっという間に上空を飛び去っていく。まだ役に立たない一年生は待機だ。上級生である二年生と三年生は帯剣し、杖を持って集合している。まるでこれから闘いでも起きるかのような……。

「あれっ、アルビオンは？」

部屋にアルビオンがいないのに気づき、ザックがベッド下を覗き込む。

「今日は朝から別行動してたから」

「あ、そうなんだ。大丈夫かなぁ。……って、使い魔だし、僕が心配する必要ないか」

ザックは苦笑して椅子に座った。

ノックの音がして、マホロは窓から離れてドアに近づいた。

「――マリー先生」

ドアを開けたとたん、マホロはつい後ずさった。白衣姿のマリーが微笑みを浮かべて立っていた。

「マホロ君。ちょっと君の力が必要なの。来てくれる？」

マホロは躊躇《ちゅうちょ》した。まさか先ほど言っていたジークフリートに会えるという話だろうか？　だとしてもこんな時に？　何故？

「マリー先生、どうしたんですか。何があったんです？」

戸惑うマホロの背後から、ザックがひょいと顔を覗かせる。

「マホロ君を借りていくわね。大丈夫、騒ぎはじきに収まるわ。ただの訓練だから」

マリーは強引にマホロの腕を引く。ジークフリートに会えるなら願ってもないチャンスだが、マリーと行動を共にするのは一抹の不安を覚える。このままついていっていいのだろうか？

「訓練なんだ？　大がかりですねー」

ザックはホッとした顔になる。マリーを疑ってもいない。マホロはどうしようかと後ろを振り返りつつも、マリーに腕を引かれて部屋を出た。

「さぁ、行くわよ」

誰もいない廊下に出たとたん、マリーの声音が変わった。いつもと異なり、低く冷たい声だ。微笑みが消え、乱暴にマホロの腕を引っ張って走りだす。

「待って下さい、マリー先生。あの、ジーク様が……？」

マホロは混乱しつつもマリーに訴えた。マリーは「あの方が待っている」と低く呟いた。ジークフリートが本当にこの島にいるのか。マホロは訳が分からないまま、マリーと走った。マリーは唇の端を吊り上げている。

寮の入り口にいるはずのフクロウは、マホロが寮を出る時にはいなくなっていた。マリーは寮を離れ、一直線に湖を目指している。その時、視界に兵士が入った。ふだんは船着き場にいる兵士が、長銃を携えて移動している。

「まだこっちには兵士はいない。身を隠してついてきなさい」

マリーは白衣を脱ぎ、茂みの奥に隠すと、木立の陰に隠れながら走りだした。マリーは迷彩服を着ていた。聞きたいことは山ほどあったが、今はジークフリートに会うほうが大事だと考え、マホロは黙って従った。日はどんどん落ちていき、辺りは夕暮れに赤く染まっていく。上空には竜と騎乗している兵士がいて、何かを探すように旋回している。マホロはマリーの後を追って湖に向かった。

「そろそろよ」

マリーが茂みに留まって呟く。何だろうと思った瞬間、上空で激しい爆発音が轟《とどろ》いた。辺りが一瞬激しく明るくなり、顔を上げた時には遠くで竜が苦しげな鳴き声を上げて空から落下していくのが見えた。竜に爆弾らしきものが当たったようだ。

「な……っ、何、が……っ」

マホロは驚きのあまり、腰を抜かしそうになった。竜がやられるのを見るのは初めてだった。騒がしい声が遠くから聞こえ、竜は落ちていく。地面に激突したのか、やがて大きな衝撃が地面から伝わってきた。

続けて二頭目の竜が上空で被弾している。その爆音に耳がおかしくなって、マホロは両耳をふさいだ。どこから竜めがけて、砲弾を撃っているのだろうか？　一体誰が何の目的で？

「さぁ、この隙に結界を壊しましょう」

マリーは動じた様子もなく、マホロの背中を押す。結界を壊す？　それはしてはいけないのではないかと、マホロは狼狽《ろうばい》する。二頭目の竜は近くに落ちたらしく、生き物の放つ断末魔の叫びが響き、黒い煙が辺りに漂ってくる。硝煙《しょうえん》の臭いが鼻につき、苦しくてむせ込んだ。視界も悪くなり、不安が膨れ上がる。マリーは湖の近くで止まると、杖を取り出して難しい呪文を唱え始めた。マホロが聞いたことのない呪文だ。

「いたぞ！　ここだ！」

後方から男たちの声がして、マホロはパニックになった。振り返ると銃を構えた兵士たちがこっちに向かってくる。身の危険を感じてしゃがみ込むと、マリーが「目を閉じなさい」と高らかに叫び、杖を振り上げた。

目を閉じるのと同時に閃光《せんこう》が走り、マホロはガタガタと震えた。何が起きたか分からなかった。少しして薄く目を開けると、後方で兵士たちが全員倒れている。皆、意識を失っているようで、ぴくりともしない。

「あなたの力は強大ね！　私にもこんな魔法が使えるなんて！」

マリーが興奮したように叫び、マホロの手を摑んで湖に近づく。いつの間にか結界があったはずの場所より先に行っている。先ほどマリーが唱えた呪文が、結界を壊すものだったのだろうか？

「あの夜、湖にいたのは……マリー先生だったんですか⁉」

マホロは走りながらマリーの背中に問うた。

「馬鹿ね、あそこにいたのはジークフリート様。湖の奥に隠されているものを探っていたのよ。私は結界の外でそれを見守っていただけ！」

マリーが振り返りもせず、答える。あそこにいたのは、ジークフリートだった⁉　見間違いではなかったのか――。マホロは考える暇もなくマリーと湖岸に立った。

「な、何でこんな真似を……？　マリー先生……？　ジーク様は一体……っ」

マホロにも何か大変な事が起きているのは分かった。校長から結界を壊すなと言われていたのに、マリーはそれを破壊した。それに上空で爆撃された竜。ジークフリートがこの島にすでに来ていたことも含め、マリーは何をしようとしているのか。遅まきながらこの人から離れようと、腕を振り解こうとした。

「マホロ」

湖岸に立ちすくんでいたマホロは、懐《なつ》かしい声に背筋を伸ばした。声の聞こえたほうに身体を向けると、ジークフリートがそこにいた。黒いフード付きのマントを羽織っている。ゆっくりとフードを下ろすと、失踪前と変わらぬ凛《りん》とした顔立ちに鋭い瞳が現れる。すらりとした身体がマホロに一歩一歩近づいてくる。だが以前と変わった点もあった。ジークフリートの髪は黒だったのに、フードを外したそこには赤い髪がなびいていた。

「ジーク様……!!　お捜ししていました、今までどこに……っ、それにこれは一体……」

マホロはジークフリートに会えた安堵と、得体の知れない恐怖がないまぜになって、声を震わせた。ジークフリートはうっすらと微笑み、マホロの肩に手を置く。気づくと隣にいたマリーは跪《ひざまず》き、ジークフリートに熱烈な視線を向けている。

「可愛いマホロ。お前は何も心配しなくていい。私の傍にいれば、それだけで」

ジークフリートはマホロの頬を撫で、小さく笑った。久しぶりにジークフリートの前に来ると、それだけでひどく緊張する。しばらく離れていたせいで、この緊張感を忘れていた。生殺与奪の権を握られているような感覚――ジークフリートの放つ独特な威圧的な空気だ。

「ああジークフリート様！　おいでをお待ちしておりました！」

マリーはジークフリートの足に身を寄せ、うっとりとした表情で言った。ジークフリートはちらりとだけそちらを見て、杖を取り出す。

「お前は湖から例のものを取り出せ」

ジークフリートがそう告げると、マリーは弾かれたように立ち上がり、湖面に向けて杖を振った。ごおぉ、と轟音《ごうおん》がして湖の水が引き始める。その様子に気をとられたマホロだが、大勢の人間が駆け寄ってくる気配に、身体を強張らせた。

「賊を見つけたぞ！」

茂みから兵士が姿を現し、いっせいに銃口をこちらに向ける。マホロは恐怖で硬直したが、ジークフリートは臆《おく》した様子もなく杖で宙に何かを描いた。発砲の合図もなく、兵士たちは銃を撃った。マホロは死を覚悟したが、銃口から発射された無数の弾丸はマホロたちの手前で静止した。怯《おび》えるマホロの前で、ジークフリートが杖を軽く振った。すると、マホロたちに向かっていた銃弾は、急に向きを変えて兵士たちに向かった。

「ぎゃあああああ！」

「うわあああぁ！」

兵士たちは大量の銃弾を浴び、悲鳴を上げて倒れていった。彼らの軍服が血にまみれ、地面に次々と重なっていく。マホロは思考停止に陥《おちい》った。

――これは現実じゃない。夢だ。夢に決まっている。

何故自分がここにいるのか、そして何が起きているのかまったく理解できないまま、マホロは闘いに巻き込まれている。

「やはり、お前はいいね」

ジークフリートはマホロの肩に手を置き、楽しげに杖を振るった。倒れた兵士の後ろからやってきた後続の兵士たちが次々と炎に巻かれていく。兵士の悲鳴と恐怖に喘《あえ》ぐ声に、マホロは取り乱した。ジークフリートの魔法は桁違《けたちが》いに強大だった。皆訓練された兵士だというのに、銃を構える暇もなく炎に包まれ、地面をのたうち回っている。地獄のようだった。マホロは咽《のど》がからからになって、ただ恐ろしくてジークフリートから目が離せなかった。

「恐怖の叫びと、飛び散る血の赤さ……。炎に巻かれて、黒い影が揺れている……。マホロ、よく見ておくといい。何て美しいのだろう」

自分の知っているジークフリートではなかった。マホロの知っているジークフリートは、確かに感情を表に出さないし冷酷な一面を持つ人だった。だが今、目の前にいるのは、人が壊れていく姿を狂気的な笑みを浮かべて観ている狂人だった。これは見知らぬ人だ。マホロが尽くそうと思った人ではない。

「も、もうやめて下さい！」

これ以上人が殺されていくのを見たくなくて、マホロはジークフリートの杖を摑《つか》んだ。

「こんな恐ろしい……っ、どうか、ジーク様、もうやめて……!!」

真っ青になってすがりつくと、ジークの笑みがすっと消える。代わりに氷のように冷たい眼差しがマホロを射貫《いぬ》いた。心臓を握り潰されるような痛みに襲われ、マホロは息を喘がせた。胸の辺りが激しく痛む。苦しくて、空いている手で胸を押さえた。

「マホロ。いつからお前は、私にそんな口を利《き》くようになった？」

杖を摑んだマホロを見下ろし、ジークフリートが悲しげに言う。胸の痛みに耐えかねてマホロが手を離すと、ジークフリートはマホロの髪を摑んで、顔を寄せた。

「これはおしおきだよ」

マホロの胸辺りを指で突いて、ジークフリートがうっすらと笑う。ずきずきとした痛みで息が苦しくなる。あまりの痛みに涙が滲《にじ》み、マホロは畏《おそ》れるようにジークフリートを仰いだ。もしかして、この痛みは、ジークフリートが……？

「可愛いマホロ。お前は私のすることを黙って見ていればいいんだよ。彼らに同情など必要ない。飛んできた虫を追い払うようなものだ」

ふっと胸の痛みが消え、マホロはぐったりして地面に膝をついた。ジークフリートは杖で円を描いた。距離を置いてこちらの動向を窺《うかが》っている兵士たちを、巨大な竜巻が襲う。ジークフリートは子どもが遊んでいるかのように杖を右へ左へ動かす。竜巻に飛ばされた兵士の手足が千切れ、遠くへ飛ばされていくのを見て、マホロは恐慌をきたした。

「で、でも……っ、でも、ジーク様……っ、こんな、ひどすぎる……」

マホロは惨事を見ていられなくて、叫んだ。人々の呻《うめ》き声《ごえ》や飛び散る血、臓器のおぞましさに、その場に吐瀉《としゃ》した。怖い。気持ち悪い。もうやめてほしい。血の色も千切れる身体も見たくない。

ジークフリートが、起こす狂乱も。

ジークフリートの魔法は強大すぎて、兵士たちは赤子のようになす術《すべ》もなく、ただ殺戮《さつりく》されていく。

「お前には少し、刺激が強すぎたかな。いいことを教えてあげよう。何故人を殺してはいけないのか——その問いに真の答えを投げかけられる者は、この世に一人もいないんだ」

ジークフリートは微笑みながら兵士の首を竜巻で切り裂いた。

「人は人を殺していいんだよ」

これまで見たことがないほど、ジークフリートは愉しげだった。マホロはこれほど恐怖を感じているのに、ジークフリートは逆に愉悦を覚えている。

(何が起こってるんだ……。何故ジーク様は兵士を殺しているんだ……?)

兵士たちの叫び声を聞きたくなくて、マホロは耳をふさいだ。恐ろしくて、この場から逃げ去りたくてたまらない。けれどマホロが耳をふさぐのを厭《いと》うように、ジークフリートが腕を引き上げた。

「マホロ。しっかり目に焼きつけておきなさい。お前はこの時のために、ここに置いたのだから」

冷酷な眼差しで命じられ、マホロは困惑した。

「ど、どういう……？」

マホロの上擦った声に、ジークフリートが微笑みを浮かべる。

「お前は私の魔法の道具だよ。お前がいれば、私は強大な魔法を使えるんだ。私はこの島を占拠する。この日のために、お前をこのクリムゾン島に置いたんだ。もう心配する必要はない。お前は私のものだからね」

ジークフリートに頬を撫でられ、マホロは何も言えなくなった。失踪は嘘だった？ この日のために自分が呼ばれた？ 何を言っているのだろう。そんなマホロの表情を読み取ったのか、ジークフリートが唇の端を吊り上げる。

「お前の身体にはある特別な石が埋め込まれている。すべては私のために。強大な魔法を使って、この島を破壊し、占拠するために」

ジークフリートの言葉に、マリーの歓声が被さった。いつの間にか湖の水が半分ほどに干上がり、底に沈んでいたものが姿を現した。黒光りする鉛でできた大きな箱だ。それは巨大な戦艦のようだった。

「ジークフリート様、準備は整いました」

マリーが汗ばんだ額を拭《ぬぐ》って言う。ジークフリートは残っていた兵士を竜巻で一掃すると、湖に向けて杖を翳《かざ》した。杖から光線のようなものが放たれ、鉛でできた箱の上部を焼き切っていく。火花と切り裂くような音を立てて上部が破壊されると、中からきらめく光が漏れ出した。

「ジークフリート様！」

「ジークフリート様！」

茂みから黒いマントを羽織った男たちが数十人出てきて、ジークフリートの元に集結する。全員ジークフリートの前に跪き、うやうやしく頭を下げる。

「敵の竜を奪いました。万が一のために確保します」

男の一人、顔に傷のある男が嬉々《きき》として報告する。

「ご苦労。想定通り、魔法石はここに隠されていた。すぐに取り出そう」

ジークフリートは興奮を抑えきれないように湖へ一歩乗り出した。

「――ジークフリート‼」

それを阻止するような甲高く鋭い声が響いた。同時に群れた犬の吼《ほ》える声と、羽音がしてカラスや尾の長い鳥が上空を旋回する。校長の声と、学生たちの声も聞こえてきて、マホロは身体を強張らせた。

校長と魔法や体術、剣術の講師と共に、上級生がそれぞれ杖や剣を手に陣形を作っていた。校長の傍に、ノアとレオン、オスカーがいるのが視認できた。信じられない状況に頭がくらくらする。

「かつての自分の教え子にこんなことは言いたくなかったけれど、君は本当に厄介な子だった。こうなると分かっていたら、入学許可なんて出さなかったのにね」

箒《ほうき》に跨《また》がってすーっと空を舞い、校長がすぐ目の前に軽やかに降り立つ。黒いマントの肩にアルビオンがいて、マホロと目が合うなり吼えたてててきた。

「校長。久しぶりです。私は優秀な学生だったはず。今や、あなたを上回るほどに」

ジークフリートはマホロの背後から腕を回して顎を摑み、左手で杖を振る。雷鳴が轟き、校長めがけて稲光が迸《ほとばし》る。校長がやられたと思い、マホロはとっさに目を閉じたが、自分の周囲にバリアを張っているのか、校長は無傷だった。

「ジーク様！　やめて下さい！　校長には……っ、それに学生が」

マホロは叫ぶようにジークフリートに懇願した。何故校長が学生を率いてきたのか、おそらく先陣を切った兵士が全滅したからだ。もし学生たちが兵士のように怪我《けが》を負ったら、と考えるだけで絶望的な気分に陥った。

「マホロ！　ジークフリートから離れろ！」

学生たちの中から飛び出してきた青年がいた。それがノアだと気づき、マホロは動揺した。無意識のうちにノアのところへ行こうとしたマホロは、ジークフリートの腕で首を押さえられ、低く呻いた。

「懐かしい顔ぶれだ。不要な過去は責任を持って清算しなければならない」

呟きの後、ジークフリートの杖から大きな炎が飛び出す。ジークフリートはそれを地面に向けて翳す。

「闇の獣よ、解き放たれよ。我が名はジークフリート・ヴァレンティノ。正統なる闇魔法の一族だ」

ジークフリートは朗々とした声で杖に命じた。とたんに地面が大きく揺れ、地の底から真っ黒な四本脚の獣が次から次へと這い出てきた。熊ほどの大きな身体に、目が赤く光っている。獣たちは咆哮《ほうこう》を上げるなり、学生たちに襲いかかった。

「やはり、この島には秘密があるな。闇の獣が閉じ込められている」

ジークフリートは興奮した声音で呟くと、獣たちを後押しするように風を起こした。

「ノア先輩！」

真っ先にノアを襲おうとする獣に気づき、マホロは思わず声を上げた。ノアは即座に杖を振り、杖からは宙をうねるような動きで炎が放出された。それは生き物のように意志を持って、ノアに牙を立てようとした獣を一瞬にして焼き払う。ノアの火魔法はものすごい業火で次々と襲いかかる闇の獣を消し炭にした。

「こっちは任せろ！」

ノアの背後から現れたレオンが杖を振るって、ノアのカバーしきれない場所にいる獣たちを、水魔法で撥ね飛ばす。ノアは杖をしまうと、素早く剣を抜いた。そして右方から飛びかかってきた獣に、剣を振り下ろす。剣先からは絶えず強い炎が噴き上がっていて、獣たちは胴を斬られた時には焼き払われていた。

「邪魔だ、どけ！」

ノアは剣を振り、獣の首や胴を次から次へと叩っ斬っていく。強い炎をまとった剣で切り裂かれた獣は、断末魔の悲鳴を上げて燃えていく。ノアの剣技を初めて見たが、流れるような動作は美しく、無駄がなかった。一瞬の間にノアは獣の急所を切り裂き、炎で獣を呑み込んでいく。

「マホロ！　こっちへ来い！」

ノアは剣を振るいながら、マホロに向かって怒鳴った。この混乱の中、ノアの声だけはマホロにはっきりと聞こえた。マホロは雷に打たれたような衝撃を受け、目を見開いた。ノアのところへ行きたい。この恐ろしい惨劇から逃れたい。マホロはその時、心からそう思った。

「ノア、俺とオスカーで道を作る！」

レオンが水を噴く剣を振りかぶり、大声を上げた。レオンは獣たちの動きを次々とその場に留めていった。レオンの杖から放たれる水流に包まれ、獣たちは足踏みするように動けなくなる。そこをオスカーが風をまとった剣で切り裂いていく。オスカーの剣からは竜巻のような風が巻き起こり、獣たちを引き裂いていく。ノアはその開いた道を通って、マホロへ近づいてくる。他の学生が苦戦する中、レオンとノア、オスカーの三人は、流れるような動きで獣を仕留めていく。

「ジーク様！　やめて下さい！　彼らを傷つけるのは——」

マホロは自分を押さえつけているジークフリートに声高に叫んだ。ジークフリートは目を眇《すが》めて、額を近づけてきた。

「気に入らないね。お前をこの学校に送ったのは、学生と仲良くさせるためではないよ。お前は私のものだと言っておいたはずだが、忘れてしまったのか……？　後顧の憂いは断たねばならないね」

優しげとさえとれるような柔らかい声で言うと、ジークフリートは仲間の男たちに視線を向けた。

「全員殺せ。校長は私が相手をしよう」

ジークフリートの指示の後に「了解しました」という声が耳に届き、マホロは目の前が真っ暗になった。ジークフリートは敬愛する人で……ジークフリートのためにこの命を投げ出すのも構わないと……。

(俺は)

マホロは頭を鈍器で殴られた気がした。

(――俺は、こんなのは嫌だ)

ローエン士官学校に来てからの日々が一瞬にして脳裏をかすめ、マホロははっきりとそう思った。

あれほど忠実であろうと思っていたジークフリートに対し、拒絶感が湧き出てきた。ノアたちを守りたい。学生を傷つけられたくない。これ以上、誰かの血が流れるのを見たくない。

(ジーク様……俺は)

獣たちの咆哮と、学生たちの叫び声、悲鳴、肉を切り裂く音が響き渡る。今や辺りはすっかり暗くなり、魔法によって生み出される炎だけが周囲を照らしている。

「船へ運ぶわ。竜を使いましょう」

頭上で一頭の竜が空中浮遊している。マリーが杖を振るい、湖の底に隠されていた大量の魔法石を宙に浮かせる。彼らが何者か、何をしようとしているか分からない。けれど、一つ明らかなのは、湖に隠されていた魔法石を盗もうとしていること――。

「う……う、く」

マホロは目を閉じて、こめかみを押さえた。

ジークフリートは自分の身体に特別な石が埋め込まれていると言っていた。マホロが魔法を使える理由——授業で魔法が暴走した理由——。ジークフリートたちがマホロの傍で魔法を使うと魔法が威力を増す理由——。

(止めなければ)

マホロは歯ぎしりをして、竜を見上げた。このままではジークフリートは学生をすべて殺し、この島を占拠する。そんなことはさせてはいけない。何の罪もない学生たちを、傷つけてはいけない。

ノアはイメージしろと言った。イメージ——魔法石が落下するイメージを。彼らは竜の身体にロープを通し、麻袋に魔法石を入れて船へ運ぼうとしている。

身の内から強い力が湧き起こり、マホロは一瞬にして光に包み込まれた。

「何⁉」

物理的な衝撃が起きたらしく、マホロを押さえ込んでいたジークフリートの腕が離れた。マホロから放たれた光の筋が、竜めがけてすごい速さで到達する。とたんに竜の腹部に穴が開き、憐れな声を上げたと同時に、宙でバランスを失ったように回転し始めた。麻袋に吸い込まれていた魔法石が、引力を失い湖に落下していった。

「ううう、ああ……っ」

マホロはジークフリートからよろよろと離れ、髪を掻きむしった。全身が痙攣《けいれん》し、目に見えるほどまばゆい光が身体から撒《ま》き散《ち》らされた。マホロから飛び出した光の筋が落下しかけている竜の身体を貫く。光の筋は次々と身体から放たれ、森や獣、空へ向かって飛んでいく。近くの森に竜が墜落し、衝撃で地面が揺れる。

「ジークフリート様！　危険です！」

周囲の状況もよく分からないくらい、意識が混濁していた。魔力がコントロールできない。殺すつもりはなかったのに、光の筋は竜の身体さえ貫く衝撃波となっている。止めたいのに身体から勝手に光の筋が飛び出していく。それらは樹木を貫き、周囲の人に悲鳴を上げさせる。

「防御の術を！」

校長の切迫した声が聞こえて、マホロはこの場から離れなければと思った。ここにいると、自分の傍にいる人がすべて死んでしまう。

茂みに向かって何とか動きだすと、身体は異様に軽くなっていく。身体が発光している。暗い道も、恐ろしいくらい明るく照らされる。マホロの身体の周囲でバチバチと火花が散っている。触れた木の葉が燃え、踏んだ小枝が灰となった。

（助けて、どうすればいい？）

森の中を走りながらマホロは混乱して空を見上げた。あっという間に湖から離れた。自分が信じられないくらいの速度でここまで来たのを知り、やっと足を弛《ゆる》めた。振り返ると遠い場所で黒煙と炎が上がっているのが見える。人々の騒がしい声も。

（身体が……おかしい）

誰もいなくなったのに、身体の周囲には音を立てて火花が飛び散っている。どうやっても収まらない。手足が痺れ、頭がくらくらする。光の筋は出なくなったが、全身から火花が飛んでいる。どこにいても、光り輝いているこの身体はすぐに見つかってしまうだろう。

（ここにいたら……駄目だ。どこか人を傷つけないような場所……）

マホロはふらついた足取りでなおも森の奥に入った。少し歩くと、洞窟の入り口が見えた。あの中に入れば、森を焼くことも、人を傷つけることもないはずだ。

マホロはぐったりしながら洞窟に足を踏み入れた。入り口は狭いが、十メートルほど進むと、中は思ったよりも広かった。数人が入れるくらいの奥行きがあり、いくつか道が分かれている。右の道には水溜まりがあるので、海か川と繋がっているのかもしれない。

マホロは足を止め、その場に倒れ込んだ。気づいたら裸足で、衣服も焦《こ》げついてぼろぼろだった。少しずつ火花は収まっているが、まだ耳元で爆《は》ぜるような音がしている。

呼吸を整えようと、マホロは倒れたままじっとしていた。だが息は荒く、鼓動は一向に収まらない。

「マホロ！」

ふいに名前を呼ばれ、マホロは意識を洞窟の入り口に向けた。ノアの声だというのは分かったが、咽《のど》がからからで声が出なかった。

「そこにいるんだな！　入るぞ！」

来てはいけないと、マホロは懸命に身を起こそうとした。足音が近づいてくる。ノアは駆け足でマホロが倒れている洞窟の奥にやってきた。

「しっかりしろ！」

肩に手がかけられる。その手が驚いたように即座に離れる。ばちばちと耳障りな音が響き、ノアの手を火傷《やけど》させた。

「さ……わら、ないで……」

マホロの声は掠《かす》れていた。全身が火花に覆われていて、触れると火傷する。身体から漏れる火花が収まらない。

「やつらにばれるとまずい。入り口をふさぐぞ」

ノアがしゃべった後、石が崩れる音がした。急に静けさが増したのは、洞窟の入り口が閉じられたためだろう。マホロはぐったりしながら、地面に転がっていた。

「ち……かづかないで……」

かろうじてそう言うと、分かっているというようにノアが頷いて杖を取り出す。

「魔力が暴走してるんだろう。すごいパワーだったからな。心配するな、今どうにかしてやる」

ノアは杖を振って小声で何か呟いた。するとリラックス効果のあるハーブの香りがマホロの身体を包んだ。身体の痛みが消え、違和感がなくなっていく。回復魔法だろうか？　わずかに身体から力が抜けると、ノアがマホロの身体を抱きしめてきた。火花が爆ぜる音が立て続けに起こり、ノアの身体に痛みを与えたのが分かった。けれどノアは痛みに耐え、無言でマホロをぎゅーっと抱きしめる。

「……落ち着け、もう大丈夫だから」

ノアの体温に包まれ、マホロは怯えながらも深い呼吸を繰り返した。少しずつ火花が収まって、強張っていた身体が弛緩していく。呼吸が整い始め、鼓動が落ち着く。それと同時に火花は収まり、全身を覆っていた光が弱まっていく。

「あ……、俺……」

マホロは安堵して顔を上げた。あれほどあった倦怠感《けんたいかん》が消えている。

「マホロ」

ノアがホッとしたように自分を見つめている。マホロの身体から光が消えるに従い、洞窟内が暗くなる。ノアが呪文を唱え、洞窟内を照らし出す明かりを杖の先に灯した。

「ノア……先輩……」

明かりの中でノアの顔を見たら、自然と涙がこぼれた。自分の身に起きた出来事を受け止められなかった。すべて夢だったらいいのに。

「発光が治まったな。おかげでびりびりしてるぞ。すごい暴走だった」

ノアが自分の右手を見やり、苦笑する。ノアの手に水膨れができている。自分のせいだ。

「俺……、俺は……」

ノアに負担をかけてしまったのが申し訳なくて、起きてしまった事件が恐ろしくて、マホロはノアの胸にもたれて涙を落とした。ノアの手が慰めるようにマホロの背中を摩《さす》る。ノアの美しい顔や身体は傷だらけだ。制服のいたるところに切り裂かれた痕や血の痕があるし、美しいブルネットの髪は焦げている。

「お前、ジークフリートの陰謀に加担していたのか」

マホロが涙を拭うと、ノアが確認するように聞いてくる。マホロはびくりと震え、急いで首を横に振った。

「俺、何が何だか……、ジーク様は俺の中に特別な石が埋め込まれているって……」

マホロが潤んだ目で言うと、ノアが驚愕《きょうがく》する。

「特別な石が埋め込まれている？　魔法石でも埋め込んだっていうのか？　そんな馬鹿な話があるのか……⁉　にわかには信じられないね。だが、確かにお前からは魔法石を感じた……。お前といると力が増幅されるのは、そのせいだったのか？」

ノアは険しい形相でマホロの肩を摑む。

「俺、あんな恐ろしい真似をするなんて、知りませんでした。マリー先生に連れられて、マリー先生は……、ジーク様の……」

マホロは必死に言った。

「……ジーク様は、俺を……今日のためにこの学校に置いたって言っていました」

マホロは目を伏せて話した。

「なるほど。分かった。要するに強大な魔法を使うために、お前という燃料を学校に配置しておいたってことか。最悪だな。最初からこの島を襲う気だったたってわけか」

ノアはマホロのたどたどしい説明でもすぐに理解したらしく、乱れた髪を掻き上げる。

「――今日、時を同じくして国内のあちこちで反乱が起きた」

ノアに厳しい声音で切り出され、マホロはひやりとした。反乱……？

「厳戒態勢を敷いた矢先、この島にも、賊が現れた。ジークフリートは神国トリニティの一派だったようだな。いや、一派どころか、率いている張本人かもしれない。狙いは湖の底に隠されていた魔法石だろう。それを奪うために、魔力を増幅するお前をこの学校に置いて、今日行動に出たわけだ」

マホロは頭が追いつかなくて、両手を握りしめた。神国トリニティ――あの危険人物リストのファイルにあった、アレクサンダー・ヴァレンティノが教祖だった集団だ。

「ジーク様は……自分をジークフリート・ヴァレンティノと名乗っていました。闇魔法の一族だと……」

ジークフリートの発言を思い返し、マホロはゾッとした。似ていると思ったあのファイルの人物は、ジークフリートの血縁関係者なのだ。ジークフリートは闇魔法の一族だったのだ。闇魔法の一族は途絶えたのではなかったのか？　彼らは大規模な反乱を起こすだけの力を持っている。だとすればボールドウィン家は？　彼らは何故ジークフリートを息子と偽って暮らしていたのか。

「……分かっている。闇の獣を呼び出せるのは闇魔法の一族だけだ」

ノアは先ほど襲ってきた獣を思い出したのか、冷静に分析する。

「よく隠していたものだ……。闇魔法の一族は、俺たちと違い、あらゆる魔法を使えると聞いたことがある。だから疑われることなく土魔法を使う一族に身をやつしたのだろう。名誉あるボールドウィン家が裏切るとはな」

ノアは流麗な眉を顰《ひそ》め、何か考え込んでいた。

「あの……皆は……？　俺のせいで……誰か……」

マホロはおずおずと聞いた。罪のない竜を殺した。他にもたくさん傷つけたはずだ。

「お前が光の塊《かたまり》みたいになって消えた後も、ジークフリートたちとの闘いは続いた。だがお前がいなければ、校長という強い味方がいる俺たちに負けはない。といっても、ジークフリートは闇魔法を使うから苦戦していたが。校長は俺にマホロを追いかけるよう指示して、俺を前線から外した。俺の使命はお前をジークフリートに渡さないことだ」

ノアが淡々と話す。だから洞窟の入り口をふさいだのかと納得がいった。

「とりあえず、水場があるし、顔を洗おう。お前、ぼろぼろだぞ」

ノアはそう言って、マホロを抱きかかえ、水場に運んだ。倦怠感はとれたものの、頭は重く、まともな思考はできていない。ノアはマホロをその場に下ろすと、白い布を取り出して水場に浸した。濡れた布で顔を拭われ、マホロはノアの手の火傷に目を向けた。

「ノア先輩、手が……」

マホロを抱きしめたせいで、ノアの手はひどい状態になっている。

「あとで校長に治してもらう。俺も魔力を使いすぎた。しばらく休まないと回復魔法を使えない」

ノアは言いづらそうに呟く。ジークフリートとの闘いで、ノアは魔力を使い果たしてしまったようだ。きっと最後の力でマホロに回復魔法をかけたのだろう。ますます申し訳なくて、身の置き所がなかった。

「脱がすぞ」

ノアは端切《はぎ》れみたいになった自分の衣服を脱がせて、マホロの顔の煤《すす》や、首筋や手足の汚れを綺麗にしてくれた。魔法が暴走した段階で、マホロの衣服は焼け焦げている。裸になったマホロに、ノアが上着を脱いで着せてくれた。ノアの制服は大きすぎて、上着だけで太ももまで隠れる。

「真っ白になってるな。大量の魔力を消費したせいか？」

ノアの手がマホロの髪に触れる。マホロには分からないが、金色に染めていた自分の髪は元の白髪《はくはつ》に戻っているらしい。

「全身白いから妖精っぽいな」

ノアが軽い口調で呟き、かすかに笑った。その口角が下がり、そっとマホロのうなじを引き寄せる。

「お前……これから……」

ノアの顔が苦悶《くもん》に歪み、額がくっつけられた。ノアはひどく苦しそうで、マホロは胸が痛くなった。これから——マホロはその言葉の先を想像し、目を閉じた。これから自分はどうなるのだろう。外ではどうなっているのだろう。ジークフリートは、校長は、学生たちは——。

今朝までの穏やかな生活はもう戻ってこないのだと、マホロは理解した。

「俺……どうなるん、ですか、ね……」

何も考えられなくて、マホロは悄然《しょうぜん》と呟いた。ふっとノアの吐息が近づき、唇に唇が触れる。避けることもできたが、マホロはそのままでいた。ノアの唇は冷たく、吐息は熱かった。

「……何だ、嫌がらないのか？」

ノアがからかうように笑い、マホロの耳朶《みみたぶ》ごと手で包む。頬を引き寄せられ、再びノアに唇を重ねられた。ノアの唇に熱が灯り始め、少しずつキスが深くなっていく。ノアの手がかすかに震えたのが分かって、マホロは閉じていた目を薄く開いた。

ノアは絶望的な表情を浮かべていた。その美しい顔が歪み、苦しげに眉根が寄せられる。

「——質問。一人の人間の命で、千人の命が救われるとしたら、お前は直接的にしろ、間接的にしろ、一人の命を奪えるか？」

ふいにまた質問され、マホロは面食らった。ノアなりに、マホロの精神を整えようとしているのかもしれないと思い、少し考えて口を開いた。

「一人の命で救われるなら……尊い犠牲、といえるかも？　千人を見殺しにできません」

「じゃあ、その一人が、自分の愛する人だったら？」

重ねてノアに聞かれ、マホロは瞬《まばた》きした。

「それは……」

マホロは目を伏せて、ぶるぶると首を振った。

「愛する人の命は奪えません」

マホロが素直な気持ちを告げると、ノアが小さく笑った。

「そうだな。命の重さは平等じゃない。少なくとも、俺の中では。千人死のうが、愛する人が一人いればそれでいい」

ノアが決意を固めたように、マホロの手をきつく摑んだ。

「ここにいたら、まずい」

戸惑うマホロの手を引き、ノアが洞窟の奥へと引っ張り始める。

「どこへ……？」

マホロが困惑して聞くと、ノアは「分からない」と投げやりに答えた。

「けどここにいたら駄目だ。ジークフリートが来ようと、校長が来ようと、お前をどこか遠くへ連れていってしまう。俺はお前と離れたくない」

ノアは暗闇の続く洞窟を、腰を屈《かが》めて移動した。ノアの杖の先の明かりが、細い穴の奥を照らす。ジークフリートはともかく、校長まで——とマホロは動揺した。ノアはマホロの行く末を想像し、恐怖を抱いている。けれど、一体どこへ行こうというのか。すでに見知らぬ洞窟に入っていて、どこにいるのかさえ分からない。それに、どこへ逃げようと、ここは島だ。船がないと、出られない。

「ノア先輩、俺は……」

追い立てられるように歩きだしたノアが心配になって、マホロは声をかけた。洞窟内は声が反響するので、いつもより声を落とした。頑《かたく》なに前に進もうとするノアの手を、マホロは振り解けなかった。

一時間ほど洞窟の奥へ進んだ後、マホロは疲労で動けなくなった。窪《くぼ》みを見つけて、ノアと肩を寄せ合って休憩する。ノアはずっと重苦しい顔つきで考え込んでいる。

「この先……どうなってるんですか？」

人一人がやっと入れる程度の穴の奥を覗いて聞くと、ノアはシャツの首元のボタンを弛めた。銀色に輝くチョーカーが目に入る。

「風が奥から感じられるから、出口はあるはずだ」

闇雲に歩いているのかと思ったが、ノアは計算して進んでいるようだ。クリムゾン島をよく知っているのだろうか。外の戦況はどうなっているだろう。不安は尽きない。

「……この壁、変だな」

ノアは背後にある岩壁に触れ、怪訝《けげん》そうに呟く。マホロも岩壁を見たが、特に変なところは見受けられなかった。

「魔法がかかっている」

ノアは立ち上がって岩壁を丹念に調べ始める。こんな何の変哲もない洞窟の岩壁に、魔法がかかっている？

「……駄目だ。何か魔法がかかっているのは分かるが、解除方法が見つからない。ひょっとして島の東側へ行ける道かと思ったんだが」

岩壁を調べていたノアは諦《あきら》めたように、マホロの手を引っ張った。

「もう行こう。早くしないと追手が来る」

ノアはせっつくように、マホロの手を引き歩きだした。細くうねったような洞窟を歩いていると、少しずつ道が広がってきた。だるい足を動かしていたマホロは、遠くから聞こえてくる小さな足音に、びくりと足を止めた。

「使い魔か、しまった。もしかして校長が預かっていたのか⁉」

ノアは足音の正体に気づき、舌打ちする。朝から校長のもとにいたと明かすと、観念したように天を仰いだ。

「使い魔はお前の居場所が分かる。逃げても無駄だ」

前方に姿を現したのは、アルビオンだった。マホロの匂いを嗅《か》ぎつけたのか、ちょこちょこと駆けながら、甲高い声でワンワン鳴き始める。

「あいつを消せないのか？」

ノアは来た道を戻ろうとしながら、口早に聞いてきた。

「消し方、知らないです」

マホロは情けない声で答えた。ノアは杖を取り出し、アルビオンを睨《にら》みつける。アルビオンの毛が逆立って、唸《うな》り声《ごえ》を上げながらノアを睨み返した。ノアが杖を振ろうとしたのを見て、慌ててマホロはその手を止めた。

「ノア！　そこにいるのか⁉　マホロ君も一緒⁉」

奥から校長の声がして、ノアとマホロは固まった。ノアの目がすぅっと細まり、攻撃するかのような荒々しい形相になる。マホロは首を横に振って、ノアを抱きしめた。

校長の声がするということは、ジークフリートたちは捕まったか、撤退したのだろうか。

「返事をしろ！」

校長の声が近づいてきて、ノアは身体を強張らせた。おそらくマホロの心配をしているのだろう。マホロは逃げる気はなくて、ノアから身体を離すと、自分から校長の声がするほうに行こうとした。足元に駆けつけたアルビオンが、ワンワン鳴いてマホロの周りを回る。ノアはマホロの肩を摑んだが、校長の声が近づいてくると、諦めたように手を離した。

「無事だったか、マホロ君」

魔法の明かりで辺りが明るくなったと思うと、校長が姿を見せた。校長は足早にやってきて、マホロとノアを順に見つめる。

「敵は撤退した。今、軍が残党がいないか調べている。君はこちらへ」

校長に手を差し出され、マホロが行こうとすると、ノアが強引に割り込んできた。

「校長、こいつ、どうなりますか？」

マホロをかばうように詰問するノアに、校長は無言で腕を組んだ。

「校長！　こいつは利用されただけで――」

ノアが大声を上げると、校長が困ったように頭を掻く。

「おそらくそうだろうと私も思っている。だが、マホロ君。君の身柄は軍が拘束する。もうそこにお偉いさんが来ている」

校長が出口に向かって顎をしゃくる。軍――マホロは一気に緊張した。ノアはこれを危惧していたのだろう。だから逃げようとしたのだ。

「そんな――、俺は認めない！」

ノアがマホロの前に立ち、首元に手を当てた。何故か校長がすっと青ざめ、厳しい目でノアを手で制す。

「ノア――君まで暴走する気か？　一時の激情に駆られるんじゃない！　マホロ君を連れて逃避行できると、本気で思っているわけじゃあるまい⁉」

校長の髪が逆立って、ノアを激しく叱責した。ノアは反抗的な目つきで校長を真っ向から見返し、剣に手をかける。二人の間に恐ろしいほどの緊張感が張り詰めた。

激高したノアの顔はこんな時でも美しくて、今にも攻撃的な魔法を繰り出しそうだった。ノアを巻き込んではいけないと、マホロは慌ててその腕にしがみついた。

「ノア先輩、俺は、いいですから」

ノアの剣にかかった手を摑んで、外させる。いきり立ったようにに振り返ったノアの身体を、マホロは抱きしめた。

「俺、大丈夫です。俺がした行為の責任をとらないと」

魔法が暴走して多くの人や物を傷つけた。それらをなかったことにはできない。軍がマホロを拘束するなら従わねばならないのだ。

「……そう言ってくれると助かるね。ノア、馬鹿な真似はやめてくれ。私は学生を拘束する魔法は極力使いたくないんだよ」

校長が杖を取り出して、厳《おごそ》かに述べる。ノアは一瞬だけ殺気を秘めた眼差しで校長を睨みつけたが、すぐにその目を伏せた。ノアはマホロを強く抱きしめ返し、髪の匂いを嗅いだ。

「ノア先輩、ありがとうございます。助けに来てくれて……嬉しかったです」

マホロはノアの手をぎゅっと握った。校長に促され、洞窟の出口まで歩き出す。

「マホロ君。ジークフリート一派はとりあえず撤退した。軍の応援が来たので、撤収したのだろう。我々も多大な損害を被ったが、かろうじて学生は無事だ。重傷者はいるがね。それに君のおかげで、この島にある魔法石は奪われずにすんだよ」

隣に並んだ校長に言われ、マホロは安堵した。学生に死者が出なかったことと、ジークフリートは死んでいないことが分かったからだ。たとえ恐ろしい殺戮者で、自分を利用していたとしても、ジークフリートが捕まったり殺されたりするのは嫌だった。

「私は君はテロリストではないと信じている。だが、君の存在はとても難しくてね。君がジークフリートの手先であるかどうかの判断は、軍が判断することになった。君の身柄は軍が拘束する。できれば抵抗しないでもらいたい」

マホロは素直に頷いた。頬を撫でる風を感じた。出口が見えると、外の音も聞こえてきた。月明かりが洞窟の出口をぼんやりと照らし出す。それと同時に出口の周囲に大勢の人がいる気配がした。

洞窟を出ると、兵士が銃をこちらに向けて構えている。マホロは怖くなって足を止めた。兵士の中から、軍服の男が進み出てくる。胸元の勲章の多さが将校であることを表していた。三十代後半といったところだろうか。きっちりと軍帽を被り、黒く光る瞳でマホロを見据える。がっしりした肉体に、感情を感じさせない男だった。

「彼はグレン・アボット中将」

校長がマホロの背中を押して、紹介する。威圧的な目つきで見下ろされ、マホロは冷や汗を掻いた。中将というと階級がずいぶん上だ。そんな人が自分を捕らえに来たのか。

「お前がマホロ・ボールドウィンか。これより魔法を禁じる。使用した際には罰が与えられると覚えておけ」

アボット中将に厳しく言い渡され、マホロはうなだれた。

「俺……コントロールが……」

使うつもりがなくても勝手に発動するかもしれないとマホロが言いよどむと、じろりと睨まれる。

「二度も同じことを言わせるな。拘束しろ」

アボット中将に命じられ、兵士の一人がマホロの手首に手錠をかける。背後にいたノアが「おい！」と声を荒らげて近づいてきたが、校長が阻止した。

「グレン。彼は私の学生だ。逐一報告する義務を守ってくれよ？」

校長はアボット中将と知り合いなのか、張りのある声で言う。アボット中将は鷹揚《おうよう》に頷いた。

兵士に銃を向けられたまま、マホロは森を歩きだした。途中で何度も焦げている枝や樹木、大砲が破裂したような痕を見かけた。立ち止まろうとすると、兵士たちは容赦なく銃口で小突いてくる。ジークフリートが現れるまでとは、景色が一変している。

マホロは海岸まで連行された。途中で寮や校舎の近くを通ったが、夜のせいか、人の声すら聞こえてこなかった。寮の明かりが灯っていない。校長は無事だと言っていたけれど、本当に無事なのだろうか。マホロは質問をすることすら許されず、無言で桟橋に向かった。桟橋には、軍用船が停泊していた。大型のものだ。

「乗れ」

アボット中将に促され、マホロは軍用船に乗り込んだ。最後にノアの顔が見たいと思ったが、両脇を兵士に固められ、振り返ることもできず船に乗せられる。不安になって兵士の顔を窺った。誰もにこりともしない。全員が乗り込むと船は静かに離岸した。

クリムゾン島を離れていく中、マホロの胸には暗澹《あんたん》たる思いが広がっていった。

9 我思う、ゆえに我あり

本土に戻ると、マホロは軍事施設に運ばれた。移動の際には目隠しをされていたので、どこの軍事施設に連れていかれたのか分からない。

研究所のような建物で、マホロは地下にあると思《おぼ》しき一室に隔離された。着ていたノアの制服は没収され、代わりに上下が繋がった白い服を渡された。

マホロが入れられた部屋は、トイレ、ベッドがあるだけの簡素な造りで、唯一ある窓は、ドアの下部につけられた物を出し入れする小窓だけだ。広さはローエン士官学校の寮部屋と同じくらいだ。最初は刑務所かと思ったが、耳を欹《そばだ》てても人の気配はなく、一日二回食事を運んでくる人は白衣を着ていた。

（こういう部屋、どこかで見たような……）

懐《なつ》かしさを感じたのは何故だろう。小さい頃、似た状況に置かれていたような記憶がある。

三日ほどその部屋に隔離されたマホロは、翌日から麻酔をかけられ、あらゆる検査を受けた。職員に話しかけても誰も答えてくれず、精神的疲労は溜まる一方だ。娯楽もなく、外の状況も分からない。

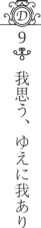

ローエン士官学校はどうなったのだろう。怪我《けが》を負った学生たちは。ジークフリートは今頃どうしているのか。何故ジークフリートはあんな真似をしたのか。サミュエルはどういうつもりで、ジークフリートを息子としていたのか。——ノアはきっとマホロを心配しているだろう。

クラスメイトや先輩、教師といった知り合いの顔も頭を過《よ》ぎった。皆、マホロをどう思っているだろう。こんな事態を招いてしまったことを、謝りたかった。

尋問は毎日休みなく続いた。強面《こわもて》の軍人がマホロの正面に座り、ジークフリートとの関係や引き取られた経緯、学校での生活態度など、あらゆることを詰問してきた。何度も同じ質問をされ、気分が滅入る。大きな音を立てて威嚇《いかく》されたり、怒鳴られたりすると、心がカチコチに固くなって、息苦しくなった。

夜、部屋に一人でいると、鬱々《うつうつ》としてきて、死にたい気持ちに何度も襲われた。よく眠れず、死んでいった兵士の血まみれの姿が浮かんだ。自分にそんなつもりはなかったとはいえ、ジークフリートやマリーの魔法が強大になったのは、自分のせいだろう。まさか自分の身体に特別な石が埋め込まれているなどと、誰が考えるだろう？　魔法が使えたのも、すべてはそれが原因だったのだ。

部屋に監禁され、答えの出ない問題を考え続けていたある日、マホロは手錠つきでいつもとは違う部屋に連れていかれた。

その部屋にはカレンダーがあった。曜日の感覚が失くなっていたので、あの日から、二カ月以上経っているのだと初めて知った。机と椅子があるだけの簡素な部屋だが、絨毯《じゅうたん》が厚く、椅子も凝《こ》った装飾がされていた。そのまま待っていろと言われ、椅子に座っていると、軍服姿のアボット中将が入ってきた。

「そのままでいい」

腰を浮かせたマホロを目で制し、アボット中将が目の前の椅子に座る。アボット中将は帽子を脱ぎ、手を顎《あご》の辺りで組んでマホロを見つめた。アボットの髪は金茶で、いつもぴしりと撫でつけられている。

「尋問の結果、お前は事件とは無関係であると結論が出た。ただし、無罪放免とはいかない。お前の意志とは関係なかったとしても、敵に強大な魔力を提供したのは明らかである。よって、今後お前の身は軍で預かることとなった」

アボットはよどみない口調で一気にそう述べた。

自分の無実が証明されたのは嬉しいが、これから軍の監視下に置かれるのかと思うと、胸が苦しくなった。それほどのことをしてしまったのだ。

「これは女王陛下の決定でもある。軍の上層部は、お前のような諸刃《もろは》の剣《つるぎ》は処分すべしという意見に傾いていた。再びお前を敵に奪われたら厄介だからな。だが、女王陛下はお前を殺すなと言明された。女王陛下はお前に礼儀正しく尽くし、味方にせよとおっしゃっている」

思いがけない人の名前が出て、マホロは戸惑うばかりだった。女王陛下がマホロを助けてくれたのか……。会ったこともない、雲の上の存在が。

「命令には応じる。何か聞きたいことがあるか？」

アボット中将は値踏みするようにマホロを見つめる。同じことを二度言わせるなと言った厳しい人だ。無駄な会話は好まないはずと、マホロは頭を巡らせた。

「たくさん検査していましたが、何か分かったんでしょうか？　それと、ローエン士官学校の様子を教えて下さい」

マホロが硬い声音で言うと、アボット中将の眉が上がった。

「お前はボールドウィン家に引き取られていたそうだな」

アボット中将の声がいくぶん和らぎ、マホロは耳を傾けた。

「検査した結果、お前の心臓には存在を知られていない魔法石が埋め込まれていると分かった」

アボット中将の発言は、マホロを脱力させた。ジークフリートの言った通り、マホロの身体には魔法石が埋め込まれている。しかも心臓に——時おり、胸が痛いと感じるのはそのせいだったのだろうか。

「サミュエル・ボールドウィンが所持する屋敷や別荘、あらゆる建物を捜索した結果、監禁されていた男を見つけた。男の名前はロジャー・ボールドウィン。ロジャーは十三年前、お前の身体にその石を埋めたと言っている。サミュエル・ボールドウィンに命令されてしたと供述している。お前は唯一の成功例で、名も知らぬ多くの少年少女を人体実験したと。お前はボールドウィン家の血筋ではないことも判明している。これについては未《いま》だ不明な点が多く、調査中だ」

想像よりも残酷な現実を突きつけられ、マホロは顔面蒼白になった。この施設に来て懐かしいと感じたのは、その時の記憶がうっすら残っているせいかもしれない。十三年前というと、マホロはまだ五歳。ほとんど記憶がなくても仕方ない。マホロと同じように、魔法石を埋め込まれて死んでいった少年少女たち。想像するだけで恐ろしくて、マホロは目を伏せた。

すべて嘘だった。

サミュエルは魔法石を埋め込んでも生き残った唯一の少年であるマホロを、目的があって受け入れたのだ。そこにジークフリートの意志が絡んでないことを願うばかりだ。

「お前の心臓に埋め込まれた魔法石だが、ロジャー・ボールドウィンは賢者の石だと言っている」

賢者の石……？　マホロは絶句した。賢者の石なんて、伝説の中でしか存在しないものだと思っていた。

「これについては取り出して調べたいところだが、――結論を言うと、取り除くのは不可能だ」

きっぱりと言われ、マホロはのろのろと顔を上げた。アボット中将の感情の窺《うかが》えない声が、かろうじて救いだった。同情されたら、いっそういたたまれない。

「臓器と癒着していて、強引に取り除いた場合、間違いなく死に至ると医師は言っている。女王陛下から殺すなと言い渡されているので、無理な手術は控えておいた。お前の心臓に埋め込まれた石は、賢者の石かどうかは不明だが、これまで発見されていないものであることは確かだ。サミュエルがどこからその石を入手したか分からないが、人間兵器を作るためだと考えられている。目的は――神国トリニティの復活」

マホロは図書館の開かずの間で見たファイルを思い出した。

「二十年前、そういう名前のカルト教団がいた。教祖はアレクサンダー・ヴァレンティノ。闇魔法の一族で、自分こそが王だと主張し、国家転覆を謀《はか》った愚か者だ。軍に制圧され、教祖は自らの身体に火をつけるという壮絶な自決を遂げた。信者はすべて捕らえたと考えられていたが、教祖の子を身ごもった女性が逃げ延びていた」

マホロは息を呑んだ。

「ジークフリートは教祖の息子だ。隠れ信者だったサミュエル・ボールドウィンが実子として匿《かくま》い、育てていた。ジークフリートは亡くなった父の願いを果たすため、あの日各地で反乱を起こした。この国にはいくつかの場所に魔法石を大量に保管している。彼らはそれらをすべて、奪う計画を立てた。三つの保管施設から、魔法石を奪うことに成功した。ローエン士官学校にジークフリート自らがやってきたのは、お前という爆薬があったからだろう。クリムゾン島を占拠し、あそこを拠点とする意志があったと残党が白状した。残党の話では、計画が遂行されるのはもっと前の予定だったらしい。常駐していた兵士はほとんどジークフリートに殺された」

淡々と語る中、アボットの表情が兵士の死に関する時だけ揺れた。冷徹に見えるが、部下の死に深い思いを寄せているのが伝わってきた。

「マリー・エルガーは信者の一人だ。スパイとしてローエン士官学校に潜り込み、ジークフリートの手引きをしていた」

マリーの妖艶な姿を思い出し、目の前が暗くなる。開かずの間をマホロに教えたのは、ジークフリートの正体を知らせるためだったのか。マリーはマホロを軽蔑していた。ジークフリートの傍にいるのが気に食わなかったのだろう。

「現在彼らの消息は不明だ。現場にいた兵士の証言や、ローエン士官学校の教師や学生の証言から、お前は彼らの完全な手下ではないと軍は結論づけた。お前の様子を見れば、人体実験にされたことすら知らなかったのも明らかだしな。とはいえ、お前の存在が多大な被害を生んだのも確かだ。軍としては自由にするわけにはいかない。奴らはお前を狙ってくるだろう。お前の存在は今や諸刃の剣になっている。お前の傍で魔法を使えば、軍艦一隻に勝るとも劣らない力を得る。クリムゾン島では、竜を撃ち落としたそうだな。恐るべき力だ」

マホロは唇を噛んだ。

「ローエン士官学校だが、重傷だった学生もすべて魔法で回復している。学校は現在、通常業務に戻っている」

つけ足すように教えられ、マホロは少しだけホッとした。ローエン士官学校が元通りになったのは幸いだ。

「他に質問は？」

マホロは首を横に振った。

アボット中将は軍帽を被り直し、立ち上がった。

「お前を自由にしろとダイアナ……、ローエン士官学校の校長とセント・ジョーンズ本家の息子が申し立てている。五名家の男を手懐けるとはたいしたものだ。お前の従順な態度に免じ、面会は許してやる」

揶揄《やゆ》するようにアボット中将が笑い、ドアの前に立った。すかさず廊下にいた兵士がドアを開け、敬礼する。兵士の一人はマホロに立つよう促した。重く感じる身体で立ち上がると、マホロは兵士につき添われて歩きだした。

アボット中将は、マホロがこの先どうなるかは何も語らなかった。

部屋に戻り、手錠が外されると、マホロはぐったりしてベッドに横になった。

アボット中将のおかげで、だいぶ状況を把握できた。思った以上に大がかりな事件に巻き込まれていることに混乱する。

何よりもボールドウィン家で過ごした時間がすべてまやかしだったのは、ショックだった。ジークフリートはいつから自分が教祖の息子だと知っていたのだろう。どうしてあそこまで残酷な真似をしたのだろう。

(俺は……何のために……)

自分が生きてきた軌跡がすべて嘘の上に成り立っていたと考えるのは、身を切られるようにつらかった。孤児院から自分を救い出してくれたジークフリートに恩義を感じ、心身共に尽くそうと決めていた。何もかも、嘘だったとも知らずに。

(ジーク様……俺は……俺は)

マホロは何も考えたくなくて、身体を丸めた。

ドアの傍で靴音が響き、小窓が開けられる。

「マホロ。十分後に面会者との会合を許可する。その場で待機せよ」

マホロは弾けたように起き上がった。面会者は先ほどアボット中将が言っていた、ノアに違いない。マホロの沈んでいた心が浮上した。会いに来てくれたのだと胸が熱くなった。毎日尋問され、心がからからに渇いていた。ノアに会えば、この渇いた心も少しは潤うはずだ。

マホロはドアに近づいて、面会者が来るのを心待ちにした。

その時だ——。廊下から不穏な気配を感じた。ドアの外に立っていた兵士が小さな悲鳴を上げて倒れる音がする。ぞくりと怖気《おぞけ》だった。

「あの……？」

異変を感じてドアの前に立ったマホロは、返事が戻らないことに恐怖した。ドアの小窓から白い煙が漂ってくる。廊下の様子は分からないが、兵士の気配が急に途絶えた。まさか面会に来たノアが、兵士に何かしたのだろうかと考え、すぐにその考えを引っ込めた。

焦《こ》げた臭いが鼻についたのだ。何か燃えているような——。

マホロはドアから飛《と》び退《の》くと、ベッドのある隅へ逃れた。ドアが突然、大きく歪んだ。何者かがドアの向こうから、激しい音を立てて固いものを叩きつけている。やがてドアに亀裂が入った。炎と煙が亀裂の隙間から入り込んできて、息苦しくなった。

「マホロ君」

亀裂の間から顔を覗かせたのは、マリーだった。

迷彩服を着て、片方の手に赤い魔法石を埋め込んだ大ぶりの剣を握っている。マホロは慄然《りつぜん》として、背中を壁に押しつけた。マリーは艶《つや》めいた微笑みを浮かべ、剣を構える。

「ジークフリート様に言われて迎えに来たわ」

マリーはそう言うなり、大きく剣を振りかぶった。剣先から炎が巻き起こり、ドアを破壊し、部屋全体に炎を送り込む。マホロは熱に圧《お》され、とっさにしゃがみ込んだ。炎は渦を巻き、壁や床、天井を生き物のように走る。

「敵襲だ！　警報を！　すぐ――」

廊下の外で応援に来た兵士が怒鳴る。けれどその声は銃声によって途中で掻き消された。マリーの背後に強面の大男が数人いて、銃を乱射している。

「さぁ、行きましょう」

マリーは炎の中に立ち尽くすマホロの腕を引っ張った。魔法で防御しているのか、マリーと手を繋いだとたんに炎の熱が和らいだ。咳き込みながら廊下に出ると、長い廊下のあちこちで兵士が血を流して倒れているのが見えた。しかもいくつもの部屋から炎が噴き出している。その光景にぞっとして、マホロはマリーの手を振り払った。

「俺は行かない！」

反射的に叫び、マホロはマリーを睨《にら》みつけた。剣を握っていたマリーの目が残酷な光を帯び、マホロを見据える。

「何を馬鹿なことを言っているの？　ジークフリート様がお呼びなのよ？」

マリーの唇が歪み、侮蔑するような笑みが浮かぶ。

マホロは息を整え、マリーからじりじりと後退した。

「俺はもう、あんな思いはしたくない……。俺は行きません。ジーク様にそう伝えて下さい」

このままさらわれたら、また力を利用されるだけだ。二度と誰も傷つけたくない。マホロが固い決意で言うと、マリーが白眼視する。

「まぁ、そうなの……。いいわ、あなたが逆らったという話はジークフリート様に伝えておくわ。下賤《げせん》の者が……身の程を知るがいい！」

マリーは凶悪な顔つきになると、剣を振り下ろした。炎がまっすぐマホロに向かって伸び、全身に絡みついてきた。熱くて息苦しくて、マホロは衣服に絡みつく炎を消そうと火の粉を必死に振り払った。

「お前ごときが！　ジークフリート様に楯突《たてつ》くなど！」

マリーの顔が醜悪に歪み、倒れ込むマホロに斬りかかってくる。背中に鋭い痛みが走り、マホロは悲鳴を上げた。炎で髪が燃えていく。肌や服がちりちりと焦げていく。苦しくて、痛くて、熱くて、マホロは必死に手を伸ばした。

その刹那《せつな》、清涼な風が流れてきた。マホロの身体を包んでいた炎が一瞬にして水の渦で消し去られた。マホロは激しく咳き込み、なおも身体を取り巻く水の勢いによろめいた。

「マホロ！」

懐かしい声がして、マホロは涙目で振り返った。廊下の奥から現れたのは、ノアだった。白いコート姿で杖を振りながらマリーを見据える。

「女狐が、こいつに何の用だ」

ノアは呪文を唱え、杖を鋭く振り上げる。目に見えぬ空気の刃がマリーに向かって飛んでいくのが分かった。マリーはとっさにそれを剣で避《よ》けようとしたが、いくつかは足や腕に当たり、迷彩服が破れる。

「ノア……？　何故ここに」

マリーは舌打ちすると、剣を振り下ろし、炎を巻き起こそうとする。けれどマホロに駆け寄ったノアの魔法がそれを阻止した。ノアの生み出す水柱はマリーの炎を押しやり、逆に銃を構えていた男たちを水圧で押し戻す。

「斬られたのか？　あの女に？」

ノアはマホロの背中が血で濡れているのを知ると、怒りを露《あらわ》にし、激しく杖を振った。マリーが悲鳴を上げてその場で回転する。

「前々から気に食わなかったよ、そのケバい化粧。お前、学生の何人か、食っただろ。事件の後、消えた学生がいる」

ノアはマホロの前に立ち、鋭い眼光でマリーを睨みつけた。マホロは言葉もなく、ノアを見上げた。マリーは髪を乱して飛び起き、襲いかかる水を必死に剣で振り払いながら、目をぎらつかせて、にやりと笑った。

「ジークフリート様にとってよい手駒になるのを探していたのよ。彼らは今、私の下で調教されているわ。あなたはなびかなかったわねぇ？　でも男が好きだったのなら仕方ないわ」

マリーは剣で水柱を叩き斬って、飛沫《ひまつ》に変えた。その後、すかさず空気の刃がマリーを斬りつける。銃を乱射しようとした男たちは空気の刃で体勢を崩し、壁や天井に銃弾を撃ち込む。

ノアは首元に手を伸ばした。いつもつけている銀のチョーカーに触れると、かちりと音がして、チョーカーが外れる。ノアはそれを床に放った。

「ジークフリートに伝えろ。こいつは俺のものになった。お前の出る幕はないとな」

ノアは両手をマリーと男たちに向けて、はっきりと言った。ノアの青い目が、金色に変わったとたん、空間が歪み、マリーの持っていた剣がカタカタと揺れた。銃を握っていた男たちが訝《いぶか》しみ、後退する。

「な、何だこれは……？」

男たちが騒ぎ始めた。男たちの銃がまるで圧縮されたように、べこりと形を変えたのだ。びっくりしてノアを見上げると、異様な気迫を込めて何かを放出している。今まで見てきた魔法とは異質なものを感じた。何かは分からない。空気が圧縮されているようだ。

「ノア先輩……？」

マホロはたじろいだ。

「な、何、この力……？　ノア、貴様」

マリーが目を見開き、耐えきれずに剣を落とした。床に落ちた剣が、ありえないほど捻《ね》じ曲《ま》がり、粉々に砕け散る。マリーの目が恐怖に揺れ「撤退！」と怒鳴る。

「お前はこの場で殺す」

ノアは低い声で宣言すると、身を屈《かが》め、走りだした。その速さは尋常ではなく、まるでテレポートしたみたいだった。ノアは逃げ出そうとしたマリーの首根っこを一瞬にして摑み、床に叩きつけた。呻《うめ》き声《ごえ》がして、床にマリーの血が飛び散る。ノアは感情の消えた顔で、なおもマリーに攻撃を加えた。逃げかけた男たちがマリーを助けようと身を翻《ひるがえ》し、銃を撃ち込んでくる。

「うぐっ」

マリーのくぐもった悲鳴が響く。ノアはマリーを盾にして、銃弾を避けたのだ。マリーの足に銃弾がめり込み、男たちが慌てて銃口を上げる。

「クソ……ッ、貴様にこんな力が」

マリーは苦しげに喘《あえ》ぎ、最後の力を振り絞って、奥歯を噛んだ。

ハッとしたようにノアがマリーを放り投げる。廊下の先に投げられたマリーは、びくびくと傷ついた身体を痙攣《けいれん》させた。その背中の一部が盛り上がり、頭部から角《つの》が飛び出てくる。

「な、な……!?」

マホロは引っくり返った声を上げた。自分の見ているものが信じられなかった。みるみるうちにマリーの身体が、どす黒く醜悪な獣に変化していったのだ。シルエットは熊に近いが、その頭には二本の角が生え、肉食獣のように口元が大きく裂けていく。目は赤く光り、涎を垂らしてこちらを睨みつけてくる。

「それがお前の正体か。醜いね。ゾッとする」

ノアは侮蔑するように笑い、身構えた。奥に倒れていた男たちが、「俺たちも！」と声を上げ、次々と獣に変身していく。

「マホロ、俺の後ろにつけ」

ノアは彼らを見据えたまま、手で合図した。マホロはノアの背中に隠れた。

「こっちだ！　敵がいるぞ！」

時を同じくして、兵士たちが駆けつけてきた。獣に変化したマリーは、胴震いするような咆哮《ほうこう》を上げて、反対側の廊下へと走りだした。逃げようとしているのだろう。ノアは追いかけるべきか迷い、駆けつけたアボット中将を見てその場に留まることを決めた。

「敵がここまで入り込んだのか！」

アボット中将はその場の惨事を確認して、烈火のごとく怒り狂った。マリーたちを追跡する兵士と、あちこちから噴き出している火を鎮火する兵士でその場はごった返した。マホロは何だか力が抜けてしまい、その場に膝をついた。ノアがその身体を抱き、背中の傷に回復魔法をかける。少しずつ傷がふさがり、痛みが引いていくのが分かる。ノアの杖には四つの魔法石が埋め込まれていた。

「中将、マホロが痩せてる。無理な尋問を行ったのではないだろうな」

ノアにギラギラした目で凄まれ、アボット中将が言葉に窮《きゅう》す。

「尋問は規則に則《のっと》って行われている。そいつが少食だっただけだ」

アボット中将とノアが睨み合うのを止めようと、マホロは「大丈夫です」と小声で答えた。ノアのおかげで痛みが消えた。ノアはマホロを抱え、焦げた髪の匂いを嗅《か》ぐ。

「この施設は安全ではない。彼の身柄は当家で預かりたい」

ノアは決然と言う。アボット中将の顔が歪み、逡巡するように腕を組む。

「奴らにマホロを奪われなかった件に関しては感謝するが、それは認められない。――私の一存では」

アボット中将の瞳がマホロに注がれる。アボット中将なりに今回の件で胸を痛めているのが分かった。マリーは、軍の施設を襲撃してまでマホロを取り返そうとした。それが何を意味するのか、アボット中将も理解しているのだ。

「ではあなたの上の人間にかけ合います」

ノアは落ちていたチョーカーを拾い上げ、挑むような眼差しでアボット中将を見た。ノアは銀色に光るチョーカーをかちりと首に嵌《は》め込《こ》む。あのチョーカーは一体何だろう？　ただのチョーカーじゃない。あれを外してから、ノアが変化した。

「マホロ、待っていろ。こんなところにお前を置いておけない」

ノアはアボット中将を一瞥《いちべつ》すると、何かを胸に秘めた様子で告げた。マホロは声もなく、その整った面立ちを見つめるしかなかった。


数時間後、マホロは軍の施設から移送されることが決定した。マリーたちは侵入した際に、施設の主要箇所を破壊していったらしく、安全が確保できないと判断された。移送はマホロが拉致される危険を避けるためだ。

「当面の間、お前をセント・ジョーンズの屋敷に預ける。現状、この施設から一番近くて警備も適当であると上層部が判断した。その上で護衛の兵士をつける。敵は諦《あきら》めていないだろうからな」

アボット中将はかすかに不満を込めて、そう言った。ノアは本当にマホロを外に出すために動いてくれたのだ。五名家の直系の子息とはいえ、軍の上層部にかけ合う力を持っているのは驚きだ。

「これはお前の居場所を軍に知らせる魔法具だ。決して外すな」

アボット中将はマホロの足首に細い金属の輪を嵌めた。発信機のようだ。拒否はできなかった。マホロは足首に違和感を抱きつつ従った。

「新たな移送先が決まったら、迎えに行く」

アボット中将はそう言うと、兵士に指示を出した。マホロは白いシャツに黒いズボン、黒いコートを着て施設の正面玄関に出た。

久しぶりの外界で、マホロは思い切り深呼吸した。ずっと窓のない部屋に閉じ込められていたので、空が新鮮だった。閉塞感で少しおかしくなりかけていたのを自覚した。

「どうぞ」

玄関前に黒塗りの立派な馬車が停《と》まっていた。馬車の壁面には炎のマークと剣の形が組み合わさった紋章が描かれている。二頭引きの馬は、美しい毛並みをした葦《あし》毛《げ》の馬だった。御者がマホロのために扉を開けた。覗き込むと、ノアが座っている。入れというように手を差し出され、マホロはおずおずと馬車に乗り込んだ。ノアにお礼を言っていないことを思い出す。あやうく拉致されるところを助けられたのだ。

「ノア先輩……」

言いかけたとたん、ノアに肩を抱き寄せられる。馬車の扉が閉まり、マホロはドキドキして赤くなった。ノアは黙ってマホロを抱きしめ、髪の匂いを嗅ぐ。

「……ひどい匂いだ。お前の髪、焦げてる」

マホロの髪を弄《まさぐ》り、ノアが呟いた。マリーの火魔法を浴びたせいで、髪はぼろぼろだ。回復魔法でもそれは治らないらしい。

「すみません。あの……ありがとうございます。ノア先輩がいなかったら」

ノアに抱きしめられ、どぎまぎしながら、マホロは何とか礼を言った。前後に護衛の馬車や騎乗兵をつけて、馬車が施設から遠ざかっていく。マホロはもじもじと膝の辺りを弄《いじ》った。

「思ったより時間がかかって悪かった。お前の存在は特殊になってしまったせいで、親父《おやじ》の力を使ってもなかなか難しかった」

ノアの手がマホロの顎を引き寄せる。ノアと目を合わせづらくてうつむいていたマホロは、強引に視線を繋がれて、息を詰めた。

すでに年が明け、一月になっている。久しぶりに見るノアはひどく美しくて、直視するのが恐れ多いほどだ。

「ちゃんと俺の目を見ろ」

ノアの手がマホロの頬を引っ張る。はい、と呟いてノアを見つめ返すと、説明できない感情が込み上げてきて、マホロはまた下を向いてしまった。顔が熱くなるし、涙が滲《にじ》んでくるし、身体から力が抜けるし、自分がどういう気持ちなのかぜんぜん分からない。施設の中で監視されていた間は消えていた感情が、一気に戻ってきたように思えたのだ。

安心したせいだろうか——。マホロはぐっと唇を噛みしめた。

「え、何だ。その顔は」

顔をぐしゃっとさせたマホロに、ノアが訝《いぶか》しげに問う。泣くのを堪《こら》えたので、変な顔になったらしい。

「あ、あり……ありがとうございます」

かろうじてそう言うと、耐えきれずに涙がぼろぼろとこぼれ出た。軍の尋問で暴力行為は一切なかったが、それでもそういったことに免疫のなかったマホロは怖かったのだ。怖いから感情を殺して耐えていた。だが、今はそれを解放してもいい——。必死に堪えようとしたが、涙があとからあとからこぼれる。

「う……っ、うぐ……」

マホロが肩を震わせながら泣きだすと、ノアが苦笑して髪を掻き乱した。

「お前、変な泣き方するな。可愛くないところが、また可愛い」

笑いながらハンカチを差し出され、マホロは受け取って涙を拭《ぬぐ》った。ノアはマホロが泣きやむまで肩を抱いて待っていてくれた。

「……あの、これからノア先輩の家へ行くんですか？」

ようやく涙が収まった頃、マホロは窓の外を確認して聞いた。突然マホロを連れていって、ノアの家族に迷惑ではないのか。そんな不安を、ノアは一蹴した。

「別荘の一つだ。警護に適した屋敷がある」

ノアの口ぶりからして別荘はいくつもあるようだ。

「学校は大丈夫なんですか？　いつから始まるのですか？」

心配になって聞くと、ノアに苦笑された。

「今日は一月四日。まだ冬休みだ」

冬季休暇中だったのか。

他にもいろいろ聞きたいことはあったが、黙ってしまった。ノアはずっとマホロの肩を抱き、時おり髪を梳《す》いたり、こめかみにキスしたりする。男で、軍の監視下に置かれている自分のような人間を慈しむノアは、変わっていると思った。自分の存在が迷惑ではないかと、気がかりだった。

やがて馬車は軍の管轄する敷地から一般道に出た。整地された並木道を通り、見知らぬ街を通りすぎる。いくつかの橋を渡った際、時おり見える表示からイースの街だというのは分かった。さらにそこから北に向かい、ドゥラム・パークに入った。ドゥラム・パークは首都から千キロ離れた避寒地として知られている地方だ。

大きな古典様式の門が前方にそびえていた。門の前で馬車が一旦停車すると、耳に障《さわ》る音を立てて頑丈そうな門が開いた。マホロたちの馬車の後に、数台の護衛馬車がつらなって門を潜った。門を越えても長い道は続いていた。広大な芝生と奥に堂々とそびえる城館が見える。城館に辿り着くまでに二つの門で、門番のチェックを受けた。門番は長銃を所持していた。

馬車はさらに五分ほど走り、ようやく城館に着いた。ファサードには執事らしき服装の白髪《しらが》の男性と、スーツ姿のテオが立っていた。

「お帰りなさいませ、ノア様」

御者が扉を開くと、テオが一礼して声をかける。ノアが馬車を降り、マホロも気後《きおく》れしながら外に出た。ボールドウィン家に仕えていたので貴族の屋敷は見慣れているが、改めてノアは貴族なのだと実感した。

「マホロ。紹介しよう。執事のアランだ」

「お初にお目にかかります。ノア様からお話は伺っております」

執事は優しそうな柔和な雰囲気が滲み出ていた。

「俺の目付け役のテオは知っているな？」

テオはにこりとマホロに微笑みかけた。

「テオ、護衛の奴らを配備してくれ。正直、邪魔だ。適当な場所に割り当ててくれればいい」

ノアは護衛馬車から出てきた兵士たちを指差し、マホロの手を引く。マホロは後ろを気にしつつ、ノアに連れられ、屋敷の中に入った。

玄関ホールは広々とした造りで、吹き抜けの天井だった。床は市松模様の大理石が敷きつめられ、壁には代々の当主らしき人物の肖像画が飾られている。二階に続く階段が左右にあり、そのうちの一方の前で数人のメイド姿の中年女性が整列していた。ノアが来るといっせいにお辞儀する。

「風呂の用意を。こいつの髪がぼろぼろだ。綺麗に切ってやってくれ」

ノアはメイドたちに、言い慣れた口調で命令する。メイドたちは承知いたしましたと答え、マホロを廊下の奥へと案内する。

「どうせろくなもん食わされてないだろう。風呂から出たら、美味いもんを食わせてやるから、綺麗にしてこい」

メイドたちに連れていかれるマホロを、面白そうに見やり、ノアが言う。慣れない待遇に戸惑いつつ、マホロは浴室へ向かった。

温かい湯を堪能した後は、メイドの一人に髪を整えられた。かなり焼けてちりぢりになっていたらしく、鏡に映る自分は短髪になっている。髪の色はすっかり真っ白だ。メイドは誤解して「さぞひどい目に遭ったのでしょうね」と同情している。

仕立てのいい生地であつらえたシャツとズボンに身を包み、新品の革靴に足を通す。すべてマホロのサイズにぴったりで、いつの間に用意したのだろうと感心した。

「綺麗になったな。ずいぶん短くなった」

食堂に呼ばれていくと、ノアが待ち構えていた。短く切りそろえられたマホロの髪を撫で、楽しそうに微笑む。スーツ姿のノアが、マホロの手をとって軽く十人は座れそうなテーブルに誘う。ぴしりとアイロンの利いた白いテーブルクロス、高価そうな食器、整然と並べられたフォークやナイフ、給仕がマホロのためにワインを運んでくる。

「ノア先輩……、あのう、俺、ボールドウィン家の者じゃないらしくて……」

向かい側で満足そうにマホロを眺めるノアに、小声で言った。ノアはワインを呷《あお》りながら、平然としている。

「話は聞いている。別にお前がボールドウィンの人間だから接待しているわけじゃない。お前、酒は飲まないんだっけ。サンドイッチが好きらしいな。それは明日の朝食に出してやる」

今朝まではトレイにパンとスープだけが載っているという殺風景な食事だったのだ。落差が激しすぎる。

「やっぱりお前は白いほうが可愛いな。俺はワインも白のほうが好きなんだ」

運ばれてきた料理の美味さに感激していると、ノアがうっとりするような笑みを浮かべてマホロを眺めている。ノアは食事に手をつけず、先ほどからすでにワインを一本空にしている。学校では酒は出なかったので知らなかったが、相当な酒豪のようだ。

「あの……聞いてもいいですか？」

穴が空きそうなほど見つめ続けられ、マホロは恥ずかしくなって口を開いた。何が楽しいのか、ノアはワインを飲みながらずっとマホロを見ているのだ。

「学校は……どうなってますか？　俺はもう戻れないと思うけど……」

マホロが上目遣いで聞くと、やっとノアの視線が自分から離れた。先ほどまでの上機嫌ぶりが消え、忌々しげに舌打ちする。

「島を守る兵士は倍に増やされた。目障りだ」

ノアが毒づき、不機嫌そうにワインを呷る。聞きたい話はそういうものではないと言おうとしたが、ノアの変わらない態度に、つい笑ってしまった。

「お前と同室だった、何だっけ……。あのそばかすの奴は、とりあえず元気だ。お前の心配をしていた」

ノアはザックの名前を憶《おぼ》えていなかった。同じ魔法クラブなのに、ザックが気の毒になる。だが、元気と聞き、安心した。

「ザックですよ。覚えてあげて下さい。ありがとうございます。あの……」

マホロはフォークとナイフを置いた。

「あのマリー先生の、その……あれは、一体……」

マホロは言葉をつっかえながら切り出した。マホロに襲いかかったマリーは、獣に変化した。一緒に襲撃に来た男たちも。あれは一体何だったのだろう。今でも自分の見たものが信じられない。それに――。

「ノア先輩、の首につけている……」

マホロはちらりと顔を上げ、ノアの首元を見た。今はスーツ姿なので、首元は見えない。あの時、いつもつけているチョーカーを外したのは――。

「あれ、は……魔法じゃない、ですよね」

マホロは窺《うかが》うようにノアを見た。聞いていいのかどうか分からなかったが、ひどく気になっていた。ノアが嫌がるようなら、聞くのをやめようと決めて表情を確認する。

ノアは重要な秘密を聞かれても、顔色ひとつ変えずに優雅に食事を始めた。ナイフの使い方が綺麗だ。

「いや一応、魔法だ。魔法だけど、学校で学ぶものとは系統が違う。あれは俺の、オリジナル魔法――《空間関与》だ。要するに異能力みたいなもんだな」

ノアは隠す気がないようで、さらりと言う。

「異能力……？」

マホロは身を乗り出した。あれも魔法なのか。あの時、空間が歪んだ気がしたのだが。

「俺のクソ親父のせいで授かったギフトさ。学校で学ぶ魔法は、精霊に指示して発動するものだが、俺のオリジナル魔法は、俺自身から発動されている。いつも首に輪っかつけてただろ。あれは俺の異能力をセーブするためのものだ。感情が昂《たかぶ》ると、勝手に発動する時があるから」

ノアは何でもないかのように話す。

「ここは俺の家だし、何か壊しても問題にならないから外している。あれつけてると、冬は寒いんだよな。マリーの獣化については俺も分からない。けどあの女狐は次会ったら確実に殺す」

ノアは食事を終えて、ナイフとフォークを置く。オリジナル魔法がどういうものなのか、さっぱり分からなかった。

「ぽかんとした顔してんな。俺のオリジナル魔法は具体的に言うと、空間を切り取ったり、圧縮したりできる。無機物のものなら何でも破壊できるんだ。俺に銃を向けても無駄ってことだ。まぁ、その他にもいろいろ……」

説明が面倒くさくなったのか、ノアはナプキンをテーブルに置いた。

「お父さんのせいで授かったギフトって……？　オスカー先輩やレオン先輩も持っているんですか？」

マホロは気になって問う。五名家の直系の子息のみが身につける魔法かと思ったのだ。

「いや、俺のようなオリジナル魔法を持った奴には会ったことがない。そのうちくわしく話してやる。気分が下がる話だから、今はしたくない」

ノアはそれ以上、語ってくれなかった。無理強いして聞く話でもないので、マホロは食事に専念した。デザートのケーキが抜群に美味しかった。ノアは甘いものが苦手らしく、コーヒーを飲んでいる。

マホロの食事が終わるのを待って、ノアは椅子から立ち上がった。食堂を出ていこうとするのを、マホロも急いで後を追った。

「ノア先輩。あの……あの時、俺を……」

すたすたと廊下を歩くノアの背中に、マホロは言いよどんだ。ノアはマリーたちからマホロを助けてくれた。しかもマホロを『俺のものになった』と言い切った。あんな発言をして、ジークフリートからどんな仕打ちを受けるか、怖くないのだろうか。ノアに迷惑がかかるのではないかと、気が重くなる。ジークフリートは平然と人を殺す人間だ。ノアを狙われたらどうすればいいのだろう。

「俺のせいで」

「この部屋を使え。俺の部屋の隣にしておいた」

ノアはマホロの言葉を遮り、二階にある一室のドアを開けた。中に入ると、小花柄の壁紙、ベッドとクローゼット、小さな机が置かれている。客間だろうか。綺麗に掃除されていた。マホロが感激したのは、自分のスーツケースが置いてあったことだ。誰かが自分の荷物をここへ運んでくれたのだ。たいした私物はないけれど、自分の持ち物があるのは嬉しかった。

「あ、ありがとうございます……」

部屋を見回し、ぺこりと頭を下げる。ノアはドアを閉めると、マホロの前に立ち、髪を掻き上げる。

「俺は、ジークフリートに喧嘩《けんか》を売ることにした」

ノアが目を細め、鋭い声を放つ。マホロはどきりとして身をすくめた。

「お前をあいつには渡さない。そのためなら俺は、クソ親父の権力を使うのも厭《いと》わない。神国トリニティだか何だか知らないが、お前を使って何かするのは、許さない」

マホロは無意識のうちに身体をわななかせた。自分のせいで、ノアをとんでもない事態に巻き込んだのではないかと気づいたのだ。ノアがそんな危ない橋を渡る必要はないのに。

「ノア……先輩」

マホロが青ざめて唇を噛むと、ノアの手が両頬を包んだ。

「これは俺の勝手な決断だ。だがお前が真に俺のものになってくれるなら、やる気が倍になる」

吐息が被さるほど近くで囁《ささや》かれ、マホロはどうしていいか分からず、目を伏せた。島で殺戮《さつりく》された多くの兵士の死体が脳裏に浮かぶ。

「駄目です……、そんな危ない真似、俺のために……」

マホロが掠《かす》れた声で言うと、ノアの唇がゆっくりと触れてきた。マホロはそれを拒否しなかった。ノアが望むなら、自分の身体を好きに扱っていいとさえ思った。

「お前を好きになったから仕方ないだろ。白くて可愛いのが悪い」

茶化すように笑われ、マホロは何だか悲しくなってノアを見つめた。ノアは再びマホロの唇を吸おうとしてきたが、ふっと顔を強張らせ、手を離した。

「想像とちょっと違うな。そんな悲しい顔をするとは思わなかった。っていうか、今夜はお前を抱くつもりだったけど、これって権力を盾に迫ってるみたいだな。そういやお前、俺を好きなわけじゃないしな……。あれ、詰んだか？」

ノアはぶつぶつ言いながら、ドアに向かう。

「こんなことなら、開かずの間で無理やりヤっとくんだった。この俺を部屋から追い出すなんて、お前くらいだぞ。今夜はゆっくり休め」

ノアは聞こえよがしにため息をこぼすと、部屋から出ていった。マホロは何も言ってないのに。悄然《しょうぜん》として、ベッドに腰を下ろした。

自分の身を張って守ってくれるノアの想いの熱さは、純粋に嬉しかった。けれど心の中は複雑だった。自分みたいな人間を、ノアは助けようとしてくれている。ノアを巻き込みたくなかった。ノアが強いのは知っているが、ジークフリートは組織を作って反乱を起こすような人だ。躊躇《ちゅうちょ》なく人を殺す。ノアに対して、何をするか分からない。

（でも俺はもう、ジーク様の元へは帰らない）

マホロは固い決意を込めて、両手を握りしめた。

長年慕い恩義を感じていたが、ジークフリートの元へ行けば、力を利用されて被害を拡大するだけだ。もう二度と人が死ぬところを見たくない。あんな恐ろしくて悲しい思いはしたくない。

（それが俺のせいで死んでいった人へのせめてもの罪滅ぼしだ……）

マホロは目を閉じ、握った手に額を押しつけた。

ふいにドアがノックもなしに開いた。マホロはびっくりしてドアのほうを見た。ノアが再び入ってきて、ドアを閉める。

「——やっぱり、ヤらせろ」

ずかずかとマホロの前まで来ると、ノアが腕を摑んで言った。マホロが口をあんぐり開けると、ノアは靴を脱いでベッドに乗り上げてきた。

「やっとお前を取り戻したっていうのに、一人で寝るとかどうかしている。来い、マホロ」

マホロをベッドの中央に引っ張り、圧し掛かってくる。突然の展開についていけずにいると、ノアはマホロの足から靴を脱がせて部屋の隅に放り投げた。

「何だ、これ」

マホロの足首につけられた発信機付きの金属の輪に気づき、ノアが眉を顰《ひそ》める。

「気に食わないな。こんなのつけやがって。壊すか？」

ノアはマホロの足首に触れて聞く。慌てて「駄目です」と止めると、不満そうに舌打ちされた。

「ノアせ……」

ノアの顔が近づいてきて、唇をふさがれる。反射的に目を閉じ、マホロはシーツに身を沈めた。ノアの唇が深く重なってきて、マホロの唇を濡らす。強く吸われて、身体を硬くすると、ノアの手がシャツの裾をズボンから引き出した。

「嫌じゃないよな？」

キスの合間に囁かれ、マホロは頬を赤くしながら薄く目を開けた。ノアの手がシャツの裾から中へと潜り込んでくる。長い指で腹部を撫でられ、マホロは鼓動がノアに聞こえそうだと思った。

「嫌……ではない、です」

赤くなりながら呟く。ノアに触れられるのは嫌ではなかった。キスされると心地いいし、ノアの体は温かい。好きかどうかはよく分からなかったが、今はノアを拒否したくなかった。

「ならいい」

ノアは小さく笑って、マホロのシャツのボタンを外し始めた。自分で外そうとしたが、やんわり止められる。

「宝箱を開ける気分だ。お前はじっとしていろ」

ノアはボタンを全部外すと、マホロの肌を晒《さら》した。唇の端を吊り上げて、ノアが屈み込む。

「ひゃっ」

ノアの唇が胸元に下りてきて、マホロは変な声を上げてしまった。ノアは唇でマホロの身体を堪能するように、上半身にキスを降らせる。マホロは緊張したままノアの唇が這いまわるのを耐えた。ノアの髪が肌に触れてくすぐったい。唇が触れるたびに、心拍数が上がっていく。

「そ……そこも……？」

ノアの唇が乳首に触れると、マホロは上擦った声で聞いた。ノアはかすかに笑って、マホロの乳首を口に含む。舌先でなぞられ、音を立てて吸われた。腰の辺りがもじもじして、変な気分だ。男だから平らな胸しかないのに、ノアは丹念にそこを愛撫する。

「うう……」

片方の乳首を吸われ、片方の乳首を指で弄られ、マホロは恥ずかしくなって呻いた。何でそこばかり弄るのだろうと、気にかかる。そろそろやめてほしくて腰を動かすと、ノアの手が下腹部に移動した。

「……っ」

ノアの手で下腹部を揉まれ、マホロは息を詰めた。ズボンの上から強めに揉みしだかれ、かーっと顔が熱くなる。

「ズボン、脱がせるぞ」

マホロが赤くなって硬直していると、ノアの手がベルトにかかる。ノアは男と性行為をするのは初めてだと言っていた。自分の裸を見たら、萎えるのではないだろうか。

「あの……あの……」

性器が見えないように、うつぶせになったほうがいいのでは、と言おうとしていると、ノアは無造作にマホロのズボンを下着ごと引きずり下ろした。下半身をノアの顔の前に晒け出す格好になり、マホロは耳まで赤くなった。先ほど嫌ではないと言ったが、どうしようもなく恥ずかしい。もうやめたい。

「すごいね、お前、ここも白いのか」

ノアはマホロの性器の下生えをしげしげと見やり、感嘆して言う。マホロは手で下半身を覆い、ノアの下から逃れようとした。

「や、やめましょう！」

ノアの前で裸になるのがこれほど恥ずかしいとは思わなかった。マホロが逃げ出そうとすると、ノアの腕が強引に腰を引き戻す。

「今さらやめるとか、舐《な》めてるのか。お前の身体、本当にどこもかしこも白いな。あー、何だ、これは。マシュマロ……？」

じたばたと暴れだしたマホロの足からズボンを引き抜き、ノアが臀部《でんぶ》に齧《かじ》りつく。

「ひぇっ！」

お尻に噛みつかれて、マホロは素《す》っ頓狂《とんきょう》な声を上げた。ノアはマホロの尻を吸い、膝にかかっていた下着をずり下ろす。

「やばいな、男とヤってる気がしない。女ってわけでもないし……、お前の身体、白くてすべすべで、どこを齧っても美味い」

必死に逃げようとするマホロを捕まえ、ノアが太ももに唇を這わせる。とっくに下半身を隠すものがなくなり、マホロは紅潮した頬で震えた。ノアは夢中でマホロの身体を舐め回す。唇が足のつけ根に移動し、性器の下の袋まで口に含まれた。

「ノア……せん、ぱ……」

マホロは赤くなったり青くなったりしながら、シーツを乱した。ノアの腕がマホロの腰をしっかりと捉え、身動きがとれない。そうこうするうちに、ノアはマホロの性器を頬張ってしまった。

「う、うあ……、あ……」

生暖かい口に含まれ、マホロは耐えきれず顔を手で覆った。ノアの舌がマホロの性器の裏筋を舐め上げる。直接口に含まれ、脳天まで電流が走った。ノアの口の中で、性器が硬くなる。ノアはマホロの性器の皮の部分に指を入れ、先端を舌先で弄った。

「そ……、そんなの……やめて、下さい……、汚いです」

口の中に入れていいものなのだろうか。マホロは羞恥心《しゅうちしん》に身をわななかせた。想像していたのと違う。ノアが求めるなら抱かれてもいいと思っていたが、それはこんなふうにマホロばかりが愛撫されるものではなかった。さっきから心臓の音がうるさいくらい鳴り響いている。

「お前の身体なら平気だ。信じられない……お前の身体、舐めてるだけで勃《た》った」

マホロの性器を舐め回しながら、ノアが大きく息を吐く。マホロが顔を覆っていた手を外すと、ノアが身を起こした。ノアの頬が少し赤くなっている。息遣いも荒いし、暑そうにシャツのボタンを外す。

「この部屋、まだ暖房つけてないのに暑いな……」

ノアはそう言いながら、着ていたジャケットやシャツを脱ぎ、床に放り投げる。ノアの上半身が露《あらわ》になると、目を奪われた。綺麗な顔をしているのに、胸板は厚く、腹筋も割れていた。どうりで抵抗してもびくともしないわけだ。しっかりと筋肉がついている。

「こんなに興奮するセックスは初めてだ……。勃起《ぼっき》しすぎて痛い」

ノアは髪をゴムで縛り、ズボンを脱ぎ始めた。下着を押し上げる下腹部が目に入り、マホロは動揺して目を反らした。自分の性器とは比べ物にならないくらい大きくて、急に怖くなってきた。ノアは男で、男の自分を抱きたがっている。

「お前の身体も、全部見せろ」

裸になったノアが、マホロの身体にかかっていたシャツを床に放る。背中から抱き込まれ、首筋や肩口を吸われた。密着してきたノアの勃起した性器が、尻に押しつけられる。マホロは全身がカッカしてきて、ひたすらシーツに額を押しつけていた。

「お前の鼓動、すごいな。興奮する」

ノアの手がマホロの胸元を撫で回す。ノアはマホロの耳朶を食《は》み、乳首を弄る。押しつけられた性器がゆるく身体に擦りつけられ、マホロははぁはぁと息を荒らげた。ノアの性器も硬いが、マホロの性器もさっきから反り返っている。自慰もほとんどしたことがないくらい性に淡白だと思っていたのに、ノアに触られてからずっと身体が熱い。

「ど……どう……すれば……」

マホロは息を喘《あえ》がせて、言った。気持ちいいのか怖いのか、熱いのか寒いのか、判断できなくなった。身体の芯が熱くてたまらないのに、震えが止まらない。

「その震え、止めてくれ」

ノアが性器を扱《しご》きながら言う。ひくひくと腰を震わせ、マホロは身を丸めた。身体が言うことを聞かない。背中越しにノアの熱さを感じているのに、小刻みに身体が動く。

「小動物いたぶっているみたいで、罪悪感が湧くだろ。マホロ、こっちを向け」

ぶるぶるしているマホロの耳朶を引っ張り、ノアが言う。マホロはぎくしゃくした動きで後ろを見た。ノアの唇が近づいて、キスをされる。

「ん……っ、ん、う……っ」

ノアは舌を絡めるようなキスをマホロにした。必死になってそれに応《こた》えていると、ふいに尻のすぼみに指を当てられる。

「んん……っ、ぷは……っ、ひ、あ……っ」

熱烈なキスの合間に、尻の奥に指を入れられて、マホロは面食らった。ノアの指は、深い奥まで潜り込んでくる。

「な、何でそこ……？　き、汚い、です、から」

マホロはびっくりして涙目で息を喘がせた。性器を舐められた時も汚いと思ったが、そこはそれ以上だ。

「お前、ホントに知識ないな……。言っとくけど、今からここに俺のペニスを突っ込むんだぞ」

マホロの唇の端を舐めながら、ノアが言う。あまりにも予想外で、マホロは頭が真っ白になった。そんな場所に入るのだろうか……？　汚いし、狭いし、絶対に痛いと思う。

「無理、無理です……っ、ノア先輩、俺やっぱりヤダ」

マホロがうろたえて逃げ腰になると、強引に口をふさがれる。拒絶を口にできないようにしてから、ノアの指が内壁を押し上げる。内部を指で探られる感触は気持ち悪くて、マホロは涙を滲ませた。この場から逃げたいと思ったが、ノアはそれを許さないというように圧し掛かってくる。

「ここ、気持ちよくないか？」

内部を散々弄られた後、ノアの指で奥にあるしこりの部分を強く擦られた。とたんに腰から力が抜け、マホロは息を詰めた。

「や……、え……？」

マホロが困惑していると、ノアがそこを重点的に擦り始める。最初はじわじわとした熱さだったものが、しだいにはっきりした感覚に変わってきた。

「ひ……っ、あ……っ、あ……っ」

指で押し上げられるたびに、気持ちよくて甘い声が漏れる。身体の反応に心がついていかなくて目を瞬《しばた》かせると、ノアが起き上がってマホロの腰を上げさせる。

「お前のいいところ、分かった。気持ちよくするから」

ノアはどこからか取り出したボトルから、ぬるりとした液体をマホロの尻のはざまに垂らす。尻だけを掲げる体勢にさせられ、濡れた指で尻の内部を弄られた。二本の指が入ってきて、先ほどマホロが声を上げた部分をぐちゃぐちゃと濡らす。

「や……っ、あ……っ、あ、あ……っ」

奥を指で擦られ、性器がますます勃起していく。息が忙しなくなり、腰が無意識のうちに跳ね上がった。ノアの指が内壁を広げ、奥にあるしこりを突く。全身が熱くて、変な声が上がる。何が何だか分からないのに、身体だけがどんどん快楽を深めていく。

「お前の白い身体が赤くなっていくのは見ていて、ぞくぞくする」

ノアは前に回した手でマホロの性器を扱き上げ、薄く笑った。マホロの性器の先端からは、先走りの汁がこぼれていた。声はますます甲高くなっていく。自分がこんな声を上げているなんて、信じられない。

「指、増やすぞ」

ノアの声と共に、強引にもう一本の指が入ってくる。三本の指を銜《くわ》え込《こ》んで、息が荒くなって仕方ない。身体が開かれる。弛緩していく。自分の吐く息がうるさい。

「おっと」

　性器を扱かれているうちに、抗いきれない波にさらわれ、マホロは射精していた。ノアの手に白濁した液体をかけ、腰を震わせる。

「はぁ……っ、はぁ……っ、はぁ……っ、す、すみま……せん」

　マホロがぐったりして謝ると、ノアがうなじに吸いついた。

「尻を弄られてもイけたか。この調子なら、大丈夫そうだな」

　さらに深い部分に指を入れて、ノアが囁く。マホロはまだ息が整わなくて、獣じみた息遣いでシーツを濡らしていた。寝転がりたいが、ノアの腕で尻を持ち上げられている。いつまでそこを弄るのだろう。圧迫感がすごくて、もうやめてほしい。

「ずいぶん柔らかくなってきた……。まだイけるだろう？」

　ノアが奥を指で擦り上げて言う。マホロの性器は一度萎えたが、奥を弄られているうちに再び硬くなってきた。気持ちいいと思っていないのに、性器は硬度を持っている。変な感じだ。おまけにまた声が掠れてきた。

「そろそろいいか？　俺も限界だ」

　ようやくノアの指が尻から抜かれ、マホロは安堵してシーツにぐったりと沈み込んだ。震えはいつの間にか止まったが、全身がぐにゃぐにゃになったみたいに力が入らなくなった。

「足、持ってろ」

　仰向けにされて、両脚を持ち上げられる。胸に押しつけられた足を抱え込むと、ノアが屈み込んできた。

「入れるぞ」

ノアが熱っぽい息を吐いて、勃起した性器の先端をマホロの尻の穴に押し当てた。そしてゆっくりと体重をかけながら入れようとして――。

「え？」

「何――」

マホロとノアは同時に声を上げた。

互いの身体の間に魔法壁のようなものが浮き上がり、ノアがとっさに身体を離した。何かが弾けたような感覚に囚われ、マホロは茫然自失する。何が起きたか呑み込めなかった。ノアも同様に驚いたらしく、固まっている。

「何だ、今の――。見えない壁に押し戻された感じだ」

ノアは手を伸ばしてマホロに触れ、油断なく周囲を見据えた。マホロは荒い息遣いを必死に整え、上半身を起こした。

「まさかと思うが……、お前の貞操器具か？　もう一度、してみる」

ノアは慎重な手つきで、再びマホロの中に性器を入れようとした。すると同じようにまた魔法壁が浮かび上がり、ノアが後ろに倒れ込む。

「……おい、どういうつもりだ」

むくりと起き上がったノアは、静かに深く怒っていた。

「お、俺は知らない……です。こんなの初めてだし……」

マホロはおろおろして膝を抱えた。貞操器具とノアは言うが、そんなものをつけた記憶はない。

「分かった、ジークフリートの奴だな？　他の男に犯されないように、こんな魔法を仕込んでいたってわけか？　俺のリビドーはどうしてくれる？　この状態で止められて、平然としていられるほど大人じゃないぞ。ジークフリートの奴、絶対に許さない」

ノアはジークフリートがマホロの身体に魔法をかけたと思っているようだ。そんな記憶はないのだが……。自分でも理解が追いつかなくて、マホロはシーツを引き寄せて身体を隠した。昂っていた熱が途中で放り投げられて、ノアもつらいだろうが、マホロも疼《うず》きを抑えられなかった。

「——質問。相手を殺さずに、相手の心臓を食べるなら、どうする？」

ノアが大きなため息をついて、言った。マホロは答えられなくて、口をぱくぱくとさせた。

「……指は入れても大丈夫なんだな？」

ノアは髪をぐしゃぐしゃと掻き乱した後、気を取り直したように聞いた。ノアにさんざん指で内部を弄られたが、魔法壁は出てこなかった。

「入れるのはしばらくお預けだ。ペニスを入れなければ、さっきのは発動しないみたいだし」

ノアはそう言うなり、マホロをシーツにうつぶせにさせた。背後から身体を重ね、マホロの尻のはざまに勃ち上がった性器を擦りつける。

「悪い。俺がイくまで、つき合って」

マホロの耳朶を食み、ノアが腰を動かす。ノアの大きなモノが尻の穴から前のほうへ何度も滑ってくる。マホロが太ももを締めると、気持ちよさそうな息遣いで腰を振ってくる。ノアの荒い息遣いが耳朶にかかり、マホロはシーツに頬を押し当てながら甘く呻いた。ノアの性器がマホロの性器にまで届いて、こっちまで気持ちよくなる。

「ノア先輩……」

マホロは自然と腰を揺らした。太ももの間からノアの性器が飛び出してきて、ひどく恥ずかしいのに、興奮する。ノアは乱れた息遣いでマホロの腰を抱え、前に手を伸ばしてきた。

マホロの性器が軽く扱かれる。

「ん……っ、う、ん……っ、ノア先輩……っ、はぁ……っ」

腰を動かしながら、性器を弄られ、気持ちよくなって切れ切れに声を漏らした。互いの息遣いが重なり合って、余計身体が熱くなる。

「あー……、そろそろイきそうだ……」

腰を小刻みに動かし、ノアが苦しそうな息遣いで言う。マホロははぁはぁと息を荒らげ、腰を跳ね上げた。すると、ノアの腰の動きが速くなり、まるで中に入っているかのような感覚に陥《おちい》る。

「あ……っ、あっ、あっ、あっ」

徐々に激しくなっていく動きに、マホロはとろんとした表情になった。ノアの手の中で、性器が張り詰める。ノアの手が濡れた音を立てているのが羞恥心を煽《あお》る。

「く、出す……、ぞ……っ」

息を詰めてノアが口走り、マホロの性器を強引に扱いた。激しい快楽の波に襲われ、マホロは腰をびくびくとさせた。先端の小さな穴を擦られると、我慢できずに射精してしまう。同時にノアも白濁した液体をマホロの尻辺りに吐き出した。

「ひ……っ、は……っ、はぁ……っ、はぁ……っ」

マホロはぐったりしてシーツに突っ伏した。ノアは獣じみた息遣いで、マホロの背中に重なってきた。どくどくとノアの性器が息づいている。ノアはマホロに身体を密着させ、うなじや耳朶に吸いついてくる。

「はぁ……、気持ちよかった……」

大きく息を吐き出しながら、ノアがマホロを仰向けにして唇を貪ってくる。濡れた唇を舐められ、吸われ、呼吸するのさえ許してくれないような濃厚な口づけをされる。

「このまま、もう少し触らせて」

胸元に這わせた手で乳首を引っ張り、ノアが言う。乳首を弄られるたびに、勝手に腰がひくつく。身体がおかしくなっていた。ノアにあちこち弄られるたびに、びくびくしてしまう。

「……な？」

濡れているマホロの性器を握り、ノアが再び扱いてくる。こんなに立て続けに何度も達したことがない。マホロはぼうっとして、ノアのなすがままだった。


ノアは時間をかけてマホロを愛した。挿入はできなかったが、あらゆる場所を舐められ、揉まれ、暴かれた。キスは何度したか覚えていないくらい、した。いつの間にか眠っていたのだろう。窓越しに感じた日の光で目覚めると、ノアがマホロのうなじに吸いついていた。

「う……。ノア……先輩」

マホロはだるい身体を後ろに傾けた。いつ移動したか覚えていないが、客間ではなくもっと広い──おそらくノアの私室のベッドに裸のまま寝ていた。ノアはマホロを背後から抱きしめ、毛布にくるまっている。

「おはよう」

マホロが寝返りを打つと、ノアが唇を吸ってくる。朝から濃厚な口づけをされ、マホロは息も絶え絶えだった。身体が重いし、べたついている。昨夜された行為を反芻《はんすう》して、無性に恥ずかしくなった。目が合うと、耳まで赤くなってしまう。セックスがあんなふうに互いのすべてを見せ合う行為とは知らなかった。

「……入れたかったな」

ノアがぼそりと呟いた。マホロはつい、すみませんと謝った。ノアが「冗談だ」と言って、笑いながらマホロの尻を掴む。大きな手で揉まれ、マホロは昨夜さんざんそこを弄られたのを思い返し、甘い声を上げた。尻の奥があんなに感じるなんて、知らなかった。

「一緒に風呂に入ろう。洗ってやる」

毛布を捲《めく》り、ノアが裸のままマホロの腕を引っ張る。明るい中でノアの均整のとれた肉体を見ると、恥ずかしさが蘇って顔を背けてしまった。ノアは裸など見られ慣れているのか、平然としているが、マホロは自分の貧弱な肉体を見られたくなくて、隠すものを探した。

「何やってる」

シーツを巻きつけようとしていると、ノアに抱え上げられた。ノアの部屋にはドアが三つあって、そのうちの一つが浴室に繋がっていた。マホロの重さなど気にした様子もなく抱えられ、浴室に運ばれる。

「ノア先輩、あのう……」

浴室は大理石でしつらえられていて、猫脚のバスタブに湯気を立てた湯が張ってあった。ノアはマホロを抱きかかえたまま、バスタブに腰を下ろす。座ると腰まで温かい湯に浸され、頰が弛む。

「自分で……あの……」

自分の身体くらい自分で洗うと言ったのに、ノアは上機嫌でマホロの身体を石鹸《せっけん》で泡立てていく。ノアの手で洗われていると、嫌でも昨日の行為を思い返す。自然と腰のものが硬くなるし、呼吸も熱を帯びる。

「なぁ、俺、お前がめちゃくちゃ可愛く見えるんだが、病気か？」

背後から抱き込むようにして、ぬるついた手で乳首を撫でられた。くりくりと乳首を摘まれ、マホロは変な声が上がりそうになるのを我慢した。

「んっ、……っ、ん、……っ、はい……。病気だと思います」

マホロが目を伏せて言うと、ノアが笑う。

「そうか、病気か。それじゃ仕方ないな」

ノアは密着しながらマホロの尻を揉みしだく。つぷりと指先が尻の奥に入ってきて、マホロはつい腰を浮かせた。お湯が入ってきそうで怖い。ノアの指がまだ柔らかい場所へと潜り込んでくる。マホロが嫌がって腰を引くと、少し強引に引き戻される。

「痛くないだろ？　逃げるなよ」

ノアはマホロのうなじを吸いながら、命じるように言う。何度も内部を擦られて、マホロは声を上げるのを必死に堪えた。前のめりになって涙目で「抜いて」と頼むと、ノアがやっと指を抜いてくれた。

「マホロ」

名前を呼ばれておずおずと振り向くと、ひどく嬉しそうな顔をしたノアが背後から抱きしめてきた。

「昨夜は最高に幸せだった。お前もそうだといいんだが」

マホロの唇を啄み、ノアが囁く。ノアにキスをされると、頭がぼうっとする。どうしてこの綺麗な人が自分にこんな真似をするのか理解できない。キスは甘く、愛の言葉はマホロを落ち着かなくさせる。ふと自分の肩や二の腕に鬱血した痕があるのを見つけ、固まった。虫にでも刺されたかと一瞬考えたが、すぐにノアの愛撫の痕だと気づいた。

「ん。ああ、すごいことになってるな」

マホロが全身を確認しているのを見やり、ノアが苦笑する。首筋や鎖骨、二の腕、太もも、腹部や尻――マホロが知らない間にノアは飽きることなく貪ったらしい。

「白いから目立つよな。安心しろ。首元が隠れる衣服を用意させる。今日は客も呼んであるしな」

ノアは思わせぶりな目つきで、マホロの肩に湯を当てる。客……？　マホロは訝《いぶか》しげに首をかしげた。

「一回、イかせてやる。膝立ちになれ」

ノアの手が前に回り、楽しそうに言う。ノアに身体中撫でられて、勃起していたのだ。促されるように膝立ちになると、ノアの手で優しく扱かれ、マホロは息を詰めた。

「ん…っ、ひゃ、あ……っ」

バスタブの縁に手をかけ、びくびくと腰を揺らす。ノアの手で裏筋や先端を弄られる。明るい場所で息を乱している自分を恥ずかしく思っていると、ノアの手が尻のはざまを撫でた。

「や、あ……っ」

ノアの指が尻の内部に再び入ってきて、マホロは膝を震わせた。ノアの指は内部にあるマホロが感じる場所を重点的に擦り始める。

「やぁ、ノアせ……、そこ、もうやだ」

お尻を弄られるのが嫌で、マホロは遮るようにノアの手を摑んだ。ノアは性器を握った手は動かさず、尻の奥だけを愛撫する。

「ここ、気持ちいいんだろ。何で嫌がる」

ぐりぐりと内部を弄り、ノアが面白そうに聞く。マホロは真っ赤になって、首を振った。気持ちいいけれど、ずっと弄られていると変な感じがして嫌なのだ。

「や……っ、あっ、あっ、そこ、やめて」

マホロが腰をくねらせて立ち上がろうとすると、ノアも立ち上がって、ぐっと奥に指を埋め込んでくる。マホロはノアに抱きついて、いやいやと首を振った。

「駄目。やめない。気持ちよくなってきてるから」

マホロが嫌がっても、ノアは内部に入れた指で内壁を押し上げてきた。信じられないことに、ノアが性器を扱かなくても、尻を弄っているだけでマホロの性器からは先走りの汁が溢れてきた。

「やぁ……っ、あ……っ、やだ、イっちゃう」

身体がどんどん熱くなっていくのが怖くて、マホロはノアにしがみついた。ノアが食い入るようにマホロを見つめ、密着してくる。

「あー、すごく入れたい……。俺の太いのを入れて、めちゃくちゃに突き上げたい」

ノアは熱い吐息をマホロの耳朶に吹きかけながら、握っていた性器を扱き始めた。ノアに犯されている場面を想像してしまい、カーッと腹が熱くなった。自分はこんなに淫らな性質ではなかったのに。性器を擦られて、あっという間に感度が高まり、マホロは四肢を震わせた。

「あ、ああ……っ‼」

浴室にマホロの高い声が反響する。ノアの手の中に白濁した液体を吐き出し、ぐったりしてもたれかかった。ようやくノアの指が尻から抜かれる。お尻を弄られて気持ちよくなるのが信じられない。一晩で身体が変になった。

「可愛かった」

ノアは汚れた場所を湯で流し、何度もマホロにキスをした。一人で立っていられなくて、マホロはしばらくノアに抱きついていた。


風呂を終えると、ふかふかのタオルで身体を拭《ふ》いた。着替えは白いシャツとセーター、ズボンが用意されていた。髪が短くなったので、うなじが晒されるのを気にしていると、ノアが首元全体を覆うスカーフを巻いてくれた。ノアはオーダーメイドのスーツに着替える。客を招く時、スーツは必須だそうだ。

「ノア先輩、ご両親はいらっしゃらないんですか？　俺、お世話になっているし、ご挨拶をしなければ」

ジャケットを着込むノアに尋ねると、いるわけないだろと鼻で笑われた。

「この別荘は俺のものだ。名義も俺。祖父から譲り受けた。親父は今頃ロンドンで兄と一緒に会議中だろう」

当然といった様子で言われ、マホロは圧倒された。この若さでこんなに立派な屋敷の主なのか。敷地は何ヘクタールあるのか見当もつかない。

「ノア様。ご友人がいらしております。中庭に席を設けました」

ノックの後に部屋に入ってきたのは、目付け役のテオだ。マホロが立ち上がって頭を下げると、軽く頷いてドアを開ける。

「行こうか」

ノアは先に立って歩きだす。この屋敷の使用人はすべてノアよりずっと年上の者ばかりだが、ノアは命じるのに慣れて、堂々としている。口は悪いが、黙っていればノーブルな佇《たたず》まいと美貌で、傍にいる人を惹《ひ》きつけ従える。生まれ持ってのリーダー体質だ。

屋敷内は格調高く、使用人の数も多いようだ。磨き上げられた廊下や階段、天井や壁の凝った装飾――ボールドウィン家も立派だったが、セント・ジョーンズ家のほうが格上なのは明らかだった。

ノアについて中庭に出ると、テーブルと椅子が用意されていて、大きなテーブルの上にはサンドイッチやスコーン、軽食、果物、温かいスープといった料理が並んでいた。二人分にしては多すぎると思っていると、遠くからマホロの名前を呼ぶ声がする。そばかす顔の友人が、走ってやってくる。

「マホロ！」

「ザック！」

マホロは駆け寄ってきたザックに、大きな声を上げた。ザックは着慣れないスーツ姿で、マホロに抱きつく。襲撃された日以来の再会だったので、懐かしさで胸が熱くなった。ザックは元気そうだ。ぎゅうぎゅうとマホロを抱きしめ、涙を流す。

「マホロ、僕、何も知らなくて。ずっと心配してたよぉ」

ザックに泣かれ、マホロはついもらい泣きしてしまった。ザックに迷惑をかけたというのに、ちっとも怒っていない。

「ごめん。怪我しなかった？　俺のせいで本当にごめん」

ローエン士官学校の学生には、謝っても謝り切れない災厄をもたらした。マホロを憎んでも仕方ないのに、ザックはマホロの無事を喜んでいる。

「やっと解放されたんだね。これでノアのイライラを見ないですむな。学校でノアがどれほど学生たちに恐怖を与えたか、教えてあげたいよ」

ザックの後ろからゆっくり歩いてきたのはオスカーだった。マホロを軽くハグして、おでこにキスをする。

「大変だったね」

オスカーは笑いながらマホロの頭を撫でる。その後ろにノアが回り込み、オスカーの尻を蹴り上げた。

「痛いな!!」

「気安くこいつに触るな」

悲鳴を上げるオスカーを、ノアは一瞥する。

「自由になったのか？」

オスカーと共に来たのはレオンだった。相変わらず堅苦しい顔つきで、マホロを見下ろす。ご迷惑をおかけしましたとマホロは頭を下げた。ノアの屋敷に招かれたせいか、マホロ以外は皆スーツ姿だった。

「マホロ君」

続けて顔を見せたのは、校長のダイアナだった。今日はピンクの髪になっていて、黒いマントの肩にアルビオンがいる。

「校長……」

マホロは深く頭を下げた。校長は苦笑して、アルビオンを地面に下ろす。アルビオンは短い脚を素早く動かして、マホロの足にくっつく。

「様子を窺いに来たよ。うーん。だいぶ痩せたね。まぁ無理もないけど……」

校長はマホロの肩をぽんぽん叩き、同情的な眼差しになった。その腕がマホロの背中に回り、軽く抱きしめられる。

「——もっと早くに君の正体に気づくべきだった。四賢者と呼ばれても、この有り様さ。情けないね」

校長が自嘲気味に言う。

「アボットは君を追いつめなかったかい？　頭が固い奴だから、心配していた」

校長がこっそり聞いてくる。校長とアボット中将は古くからの知り合いらしい。

「ノア、食事会にお招きありがとう。ここの薔薇園《ばらえん》はすごいらしいね。今が冬じゃなけりゃ、よかったのに。ああでも温室があるとか」

校長はそう言って温室に向かう。学生だけでゆっくりしろという計らいだろう。

「お前、好きなんだろう？　サンドイッチ」

ノアはマホロの皿に何種類かのサンドイッチをとりわけていった。料理人がデザートのショコラケーキとアップルパイを運んできて、テーブルに並べていく。ザックははしゃぎながら、皿にスコーンを山盛りにする。レオンは甘いものが好きじゃないらしく、コーヒーと軽食しかとらない。オスカーは舌鼓を打ちながら、あれこれと手を出している。一人でアップルパイを何切れも頬張っている。

中庭での食事はゆったりしたものになった。ザックが学校のことを語り、温室を眺めて戻ってきた校長が補足する。襲撃のせいで定期テストが行われず、学生たちは一様に助かったと胸を撫で下ろしているそうだ。

「マリーの正体を見抜けなかった私にも責任がある。前から不審な行動をとっていたから、監視はつけていたんだがね……。解雇する正当な理由がなかったんだ」

校長はマリーに疑惑を抱きつつ手を打てなかった自分を責めている。オスカーとレオンもマリーに嫌悪感を持っていたそうで、実はスパイだったと知り、納得しているらしい。あの門限を破った時、湖にジークフリートとマリーがいると知っていたら、何か変わっただろうか。今となっては遅いが、一人でも命を救えたかもしれないと後悔ばかりが押し寄せた。

「校長——ついでに皆も聞いてほしい」

テオがノアの横についたのを見計らい、ノアが切り出した。その場にいた全員がノアに注目する。

「俺は学校を退学しようと思う。あそこにいたらこいつを守れない。こいつはこれからもジークフリートに狙われるだろう。こいつは俺のものにしたから、所有者としてジークフリートと喧嘩すると決めた」

ノアが厳《おごそ》かに宣言し、マホロはぎょっとして飲んでいたお茶を皿に戻した。

「ノア先輩、それは……‼」

在校生代表を務めるほど優秀なノアがローエン士官学校をやめるなんて信じられなくて、マホロは真っ青になった。こんなに大変な発言をしているのに、テオは動じた様子もなく立っている。主が馬鹿な発言をしているのに止めなくていいのだろうか。

「……本気か」

レオンもオスカーも顔を強張らせている。島を襲撃された際の惨事を思い出しているのだろう。ザックに至っては、飲んでいたお茶をだらだら口からこぼしている。

「本気も本気、俺はやると決めたら必ずやる。親父は軍に任せておけと言っているが、その軍は頼りない。昨日も施設を襲撃されて、危うかった。ジークフリートは何か隠し玉を持っている。マリーが獣に変化したんだ」

ノアはマリーの異変をくわしく語った。校長の顔が歪み、頭を抱え込んだ。

「何てことだ、そういうことか……‼」

　校長の目が光り、一瞬髪が逆立った。

「各地で反乱が起きた際も、異様な獣が出現したという報告を受けている。おそらくそれは《獣化魔法》……私の推測が正しければ、ジークフリートは困った奴と手を組んでいる」

　校長が苦々しげに呟く。

「ジークフリートが森に消えた時から、こうなるのを予期すべきだった。これは私の責任でもある。かつての私の……神国トリニティというカルト集団と闇魔法の一族を根絶やしにできなかった責任だ」

　ジークフリートの父親が作ったカルト集団と、校長は何か関わりがあるのだろうか？　マホロは黙って話を聞くしかなかった。

「ノア。君のマホロ君に対する気持ちは理解したが、マホロ君はまだ軍の監視下に置かれている。学校をやめるのは賢明な判断とは言えない。先走らないほうがいい。それに——学校に残っていたほうが、マホロ君とは近くなるかもしれない」

　校長はマホロを見やり、潜めた声で言った。

「それはどういう……？」

　ノアが身を乗り出して聞くと、校長が軽く手を上げる。

「くわしい話はまだできない。だがそれよりも……マホロ君、君がボールドウィン家に引き取られた経緯を私は知っている。君はずっとジークフリートを信じていたのだろう？　君は——彼と闘えるのかね？」

射貫《いぬ》くような瞳で校長に詰問され、マホロはとっさに何も言えなかった。

ジークフリートの元へは行かないと決意した――だが、ジークフリートと闘えるかどうかまでは、答えられない。物心ついた時からずっと傍にいた人だ。自分を大切にしてくれた人だ。たとえどれほど残酷な一面を見せられようとも、ジークフリートに刃を向けることはできない。

「マホロ」

顔を強張らせて黙り込んだマホロに、ノアが不機嫌な声を出す。自分を守ろうとしてくれているノアに申し訳ない。けれど……自分は……。

「君は正直者だな。その場限りの嘘を吐《つ》けばいいのに」

校長が立ち上がり、マホロを安心させるように肩を抱いた。

「今はそれでいいよ。これから君の存在は軍だけでなく私たちにとっても重要になってくる。ジークフリートはおそらく禁断の果実を貪った。我々はそれを解き明かさなければならない。それにもう一つ重要な問題がある。君の正体に関して」

校長に含みのある言い方をされて、マホロは不安になった。何だろう？

「以前、君は本当にボールドウィン家の血筋かと聞いたのを覚えているかい？　私はあれから古《こ》文書《もんじょ》を繙《ひもと》いて、調べた。ずいぶん昔に存在が途絶えたとされている光魔法の一族がいるのを知っているかな」

光魔法の一族……マホロは聞いたことがなくて、首をかしげた。そういえば昔から時々光の塊《かたまり》を見ていたっけ。あれは……。

「光魔法の一族に関してはほとんど情報がない。けれど古文書の中に、こんな記述があった。彼らは異様に白く、太陽の下で暮らすのが困難だったと」

ハッとしたようにノアや、他の皆の視線がマホロに集中する。

「ひょっとしたら君は、光魔法の一族の生き残りなんじゃないか？」

突然の話に頭が追いつかなかった。

「もしそうなら、ジークフリートが君を手元に置き、あの島に目をつけた理由も分かる」

校長は思わせぶりにノアに視線を向ける。ノアが何かを察したように眉根を寄せ、校長を睨み返した。二人だけに通じる何かが示唆されたようだ。

「ジークフリートはクリムゾン島を占拠しようとした。何故あの島にローエン士官学校が建てられたか知っているかい。魔法石だけでなく、あの島はこの国の中でもっとも重要な秘密を隠し持っているからだよ。ジークフリートは禁断の果実を貪った」

マホロは驚愕《きょうがく》して校長を見上げた。校長の髪の色がみるみるうちに青く変化していく。

クリムゾン島に何があるのだろう。禁断の果実とは何だろう。マホロは自分の知らぬ場所で何かが動きだしているのを感じ、畏《おそ》れを抱いた。

10 ギフト

窓際の席に腰を下ろしていたジークフリートは、アッサムティーの心地よい香りに目を閉じた。

「どうぞ召し上がって下さい」

目の前に百合をデザインしたティーカップと、焼きたてのスコーンが並んだ皿が置かれる。ジークフリートは鷹揚《おうよう》に頷き、湯気の立った紅茶に口をつけた。田舎町のカフェだった。少しばかりの客と、店主とその娘。カフェにいるすべての人物は、ジークフリートに崇敬の眼差しを送る。

――いや、一人だけ異なる視線を送る者がいた。

「しっかし、どうなんだ？　調子狂うよねぇ。俺たち、お尋ね者なんじゃないの？　こんなカフェで優雅に紅茶とか。まぁ、スコーンは美味しいけど」

ジークフリートの正面に座っているのは、レスター・ブレア。今年二十八歳だという金髪の男だ。ひょろりとした長い手足を持ち、いつも黒い革のジャケットやズボンで身を固めている。おしゃべりで、くだらない発言が多いので、そこは好きではない。――だが役に立つ。

「ジークフリート様！」

カフェのドアを乱暴に押し開け、数名の男が入ってきた。男たちは武装して、迷彩服を着込んでいた。汚い靴で床を汚し、ジークフリートの周囲に集まる。物騒な雰囲気にも拘《かかわ》らず、カフェの客は動じた様子もなくおしゃべりしている。傍《はた》から見れば恐ろしく違和感のある情景だろう。

「ジークフリート様、申し訳ありません。マホロを取り戻せませんでした」

男たちの間から口惜しそうな表情で歩み寄ってきたのは、豊満な胸と色っぽい目つきのマリーという女だ。

「報告しろ」

ジークフリートは紅茶に口をつけながら、抑揚のない声で呟いた。マホロが捕らわれている軍事施設を急襲したが、あと一歩のところで失敗したと、マリーが報告した。敵の中に異能力を使う者がいて、太刀打ちできなかったという。

「へぇ。それは、あれかい。オリジナル魔法か？」

スコーンを頬張っていたレスターが、興味津々で目を輝かせる。

「おそらく……。どういうものか分かりませんが、持っていた機関銃がひしゃげたり、まるで空間を移動したみたいに見えました。ノア・セント・ジョーンズです。ジークフリート様はご存じと思いますが」

ジークフリートの脳裏に、ローエン士官学校の一学年下の青年が浮かんだ。同じ魔法クラブに所属し、何度か話をした。人を魅了する容姿と能力を持った男だ。ジークフリートとは馬が合わず、親しくはなかった。

「学生をすべて殺しておくべきだったな」

ジークフリートは窓の外へ目を向けて言った。昨夜から降り始めた雪のせいで、村の木々や家屋が白く染められている。この場にマホロがいれば、心が慰められただろうに。あの子の白い姿は、心を潤す。

「俺たちと同じようにオリジナル魔法が使えるってことか。そりゃあいい。わくわくするなぁ。でもマホロちゃんを取り戻せなかったのは失敗だね。その子がいると、魔法の威力が何十倍にもなるって話だろ？」

レスターがスコーンにクロテッドクリームを塗りたくって笑う。

「そもそも——再会した時に、何で力を使わなかったわけ？　ジークフリート、あんたのオリジナル魔法《人心操作》なら、マホロちゃんを意のままにできたはずだろ？」

レスターに探るように聞かれ、ジークフリートは無言で雪を見つめた。マホロは魔法など使わなくても自分のものだった。オリジナル魔法を使えば自分に逆らわない、ただの人形が出来上がってしまう。それでは味気ない。

クリムゾン島を占拠しようとした時に、マホロの力が暴走したのは計算外だった。予定よりも決起するのに時間がかかったせいだ。本来ならマホロが入学してすぐに事を起こす予定だったが、計画に必要な竜使いの男を集めるのに手間取った。そのせいで、マホロには学校に友人ができ、くだらない思想にとりつかれてしまった。あの子には自分のためだけに生きるよう言い聞かせてきたのに。

「ノアは……マホロを自分のものにした、と。ジークフリート様に対して不遜な態度を——」

言いかけたマリーの言葉が咽《のど》の奥に消え、真っ青になって跪《ひざまず》く。陶器が砕ける音がして、カフェがしんと静まり返る。

「も、申し訳ありません！　ノアが申したことです！」

ジークフリートは割れたティーカップを振り払った。テーブルに紅茶が流れ、床に滴り落ちていく。

「ジークフリート様、今、片づけますね」

焦点の合わない瞳で近づいた店主の娘が、汚れた床と割れたティーカップを片づけていく。胸の中に広がるどす黒い感情は、心地よくすらある。大切に可愛がってきた掌中《しょうちゅう》の珠を、あの男は奪ったというのか。今、目の前にいれば魔法をかけ、醜い姿に変えた後で自決させたものを。

「ジークフリート。皆が怯《おび》えている。その物騒な気配を抑えてくれ」

レスターが辟易《へきえき》したように指を鳴らす。

偶然にもドアの呼び鈴が鳴り、制服姿の警官がカフェに入ってきた。警官はジークフリートたちを見るなり、目を見開き、銃に手を伸ばした。――だが、その視線がジークフリートとぶつかったとたん、だらんと腕を下ろし、とってつけたような笑顔で近づいてくる。

「ご機嫌いかがですか。何かご用があったら、何なりとお申しつけ下さい」

警官らしく敬礼して、カウンター席に座る。

――この村のすべての住人の心は、ジークフリートが掌握している。どんな者も、ジークフリートのために喜んで命を投げ出すだろう。

「私の可愛い白き使い手を取り戻さねばならない」

ジークフリートは新しく運ばれてきた紅茶に口をつけ、告げた。

そのために邪魔な人間を一人残らず始末しよう。

楽しい宴《うたげ》の始まりだ。

POSTSCRIPT

HANA YAKOU

こんにちは&はじめまして。夜光花です。新しいシリーズをやらせてもらえることになりました。前作のシリーズでマーリンというキャラクターを書いた時に魔法シーンが楽しくて、もっと存分に書きたいなと思ったのが最初のきっかけでした。

　しかし実際書き始めると世界観を作り上げるのが本当に大変で、担当さんにはかなりの重労働だったと思います。というのも自分は雰囲気で書いちゃうところがあるので、それを一から十までしっかりした世界観に変えてくれた担当さんには頭が上がりません。今回は初稿から振り返ると、最初の部分はほぼないというくらい直しに直しました。攻が変わり、受が変わり、内容が変わり……。でもその分すごくよくなったと思います。最初レオンが攻でノアは当て馬ポジションだったので

夜光花　URL　http://yakouka.blog.so-net.ne.jp/
ヨルヒカルハナ：夜光花公式サイト

すよ。思い切って変更したのですが、読者さん的にはどうでしょうか？　書きたいことがいろいろあるので、このシリーズ応援してくれると嬉しいです。それにしても書く前は魔法学校でイチャイチャする話と思っていたのに、一冊目でもうマホロは学校を追い出される羽目になっちゃいました。

　今回ありがたいことに奈良千春先生がイラストを引き受けてくれました。ノアがかっこよくて、キャララフ届いた時、ものすごく萌えました。マホロも可愛くて、妄想が広がります。そして制服が求めていた感じドンピシャだったので、すごく嬉しいですね！　今回脇キャラたくさんいるので、奈良先生の絵を思う存分堪能できるはずです。テオやオスカー、レオン、そしてジークフリート、皆個性的で萌えまくりです。私はともかく闘っている男が好きなので、奈良先生の絵で想像できるのが感激です。またおつき合いよろしくお願いします。

担当様。私のぼんやりした世界観をしっかりしたものに構築してくれてありがとうございます。がんばりますのでよろしくお願いします。

読者様。感想など聞かせてもらえたら嬉しいです。気合入っているので、気に入ってもらえますように！　ではまた、次の作品でお会いできるのを願って。

夜光花

烈火の血族

SHY NOVELS355

夜光花 著
HANA YAKOU

ファンレターの宛先
〒101-0065 東京都千代田区西神田3-3-9大洋ビル3F
(株)大洋図書 SHY NOVELS編集部
「夜光花先生」「奈良千春先生」係
皆様のお便りをお待ちしております。

初版第一刷2020年1月2日

発行者　山田章博
発行所　株式会社大洋図書
〒101-0065 東京都千代田区西神田3-3-9大洋ビル
電話 03-3263-2424(代表)
〒101-0065 東京都千代田区西神田3-3-9大洋ビル3F
電話 03-3556-1352(編集)
イラスト　奈良千春
デザイン　野本理香
カラー印刷　大日本印刷株式会社
本文印刷　株式会社暁印刷
製本　株式会社暁印刷

ISBN978-4-8130-1323-5

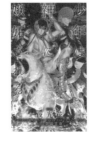

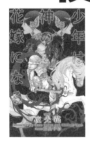

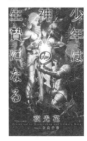

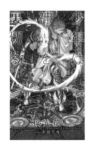

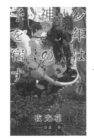

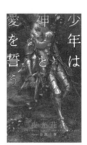